稻草人手记

三毛 著

青马(天津)文化有限公司
出 品

目录

1 序言
2 逍遥七岛游
32 一个陌生人的死
48 大胡子与我
61 亲爱的婆婆大人
82 这样的人生
95 士为知己者死
108 警告逃妻
124 这种家庭生活
149 塑胶儿童

161　卖花女

177　守望的天使

182　相思农场

193　巨人

204　附录一　同在撒哈拉

208　附录二　尘缘——重新的父亲节

序 言

麦田已经快收割完了,农夫的孩子拉着稻草人的衣袖,说:"来,我带你回家去休息吧!"

稻草人望了望那一小片还在田里的麦子,不放心地说:"再守几天吧,说不定鸟儿们还会来偷食呢!"

孩子回去了,稻草人孤孤单单地守着麦田。

这时躲藏着的麻雀成群地飞了回来,毫不害怕地停在稻草人的身上,他们吱吱喳喳地嘲笑着他:"这个傻瓜,还以为他真能守麦田呢?他不过是个不会动的草人罢了!"

说完了,麻雀张狂地啄着草人的帽子,而这个稻草人,像没有感觉似的,直直地张着自己枯瘦的手臂,眼睛望着那一片金黄色的麦田,当晚风拍打着他单薄的破衣服时,竟露出了那不变的微笑来。

逍遥七岛游

在出发去加纳利群岛（Las Islas Canarias）旅行之前，无论是遇到了什么人，我总会有意无意地请问一声："有没有这个群岛的书籍可以借我看看？"几天下来，邮局的老先生借给了我一本，医生的太太又交给我三本，邻居孩子学校里的老师，也送了一些图书馆的来，泥水匠在机场做事的儿子，又给了我两本小的，加上我们自己家里现有的四本，竟然成了一个小书摊。

荷西一再地催促我启程，而我，却埋头在这些书籍里舍不得放下。

这是我过去造成的习惯，每去一个新的地方之前，一定将它的有关书籍细心地念过，先充分了解了它的情况，再使自己去身历其境，看看个人的感受是不是跟书上写的相同。

我们去找金苹果

"荷西,听听这一段——远在古希腊行吟诗人一个城、一个镇去唱吟他们的诗歌时,加纳利群岛已经被他们编在故事里传诵了。荷马在他的史诗里,也一再提到过这个终年吹拂着和风、以它神秘的美丽引诱着航海的水手们投入它的怀抱里去的海上仙岛——更有古人说,希腊神话中的金苹果,被守着它的六个女侍藏在这些岛屿的一个山洞里——"

当我念着手中的最后一本书时,荷西与我正坐在一条大船的甲板上,从大加纳利岛向丹纳丽芙岛航去。

"原来荷马时代已经知道这些群岛了,想来是《奥德赛》里面的一段,你说呢?"我望着远方在云雾围绕中的海上仙岛,叹息地沉醉在那美丽的传说里。

"荷西,你把奥德赛航海的路线讲一讲好不?"我又问着荷西。

"你还是问我特洛伊之战吧,我比较喜欢那个木马屠城的故事。"荷西窘迫地说着,显然他不完全清楚荷马的史诗。

"书上说,岛上藏了女神的金苹果,起码有三四本书都那么说。"

"三毛,你醒醒吧!没看见岛上的摩天楼和大烟囱吗?"

3

"还是有希望,我们去找金苹果!"我在船上满怀欣喜地说着,而荷西只当我是个神经病人似的笑望着不说一句话。

大海中的七颗钻石

这一座座泊在西北非对面,大西洋海中的七个岛屿,一共有七千二百七十三平方公里的面积,一般人都以为,加纳利群岛是西班牙在非洲的属地,其实它只是西国在海外的两个行省而已。

在圣十字的丹纳丽芙省(Santa Cruz De Tenerife)里面,包括了拉歌美拉(La Gomera),拉芭玛(La Palma),伊埃萝(Hierro)和丹纳丽芙(Tenerife)这四个岛屿。而拉斯巴尔马省(Las Palmas)又划分为三个岛,它们是富得文都拉(Fuerteventura),兰沙略得(Lanzarote)和最最繁华的大加纳利岛,也就是目前荷西与我定居的地方。

这两个行省合起来,便叫做加纳利群岛,国内亦有人译成——金丝雀群岛——因为加纳利和金丝雀是同音同字,这儿也是金丝雀的原产地,但是因鸟而得岛名,或因岛而得鸟名,现在已经不能考查了。

虽然在地理位置上说来,加纳利群岛实是非洲大陆的女儿,它离西班牙最近的港口加底斯(Cadiz)也有近一千公里的海程,可是岛上的居民始终不承认他们是非洲的一部分,甚而书上也说，加纳利群岛，是早已消失了的大西洋洲土地的几个露在海上的山尖。我的加纳利群岛的朋友们，一再骄傲地认为，他们是大西洋洲仅存的人类。这并不是十分正确的说法，腓尼基人、加大黑那人、马约加人在许多年以前已经来过这里，十一世纪的时候，阿拉伯人也踏上过这一块土地，以后的四个世纪，它成了海盗和征服者的天堂，无论是荷兰人、法国人、葡萄牙人、西班牙人和英国人，都前前后后地征服过这个群岛。

当时加纳利群岛早已居住了一群身材高大、白皮肤、金头发、蓝眼睛的土著，这一群仍然生活在石器时代模式中的居民，叫做"湾契"。十四世纪以后，几次登陆的大战，"湾契"人被杀，被捉去沦为奴隶的结果，已经没有多少人存留下来。当最后一个"湾契"的酋长战败投崖而死之后，欧洲的移民从每一个国家陆续迁来，他们彼此通婚的结果，目前已不知自己真正的"根"了。

自从加纳利群岛成为西班牙的领土以来，几百年的时间，虽然在风俗和食物上仍跟西国本土有些差异，而它的语言已经完全被同化了。

也因为加纳利群岛坐落在欧洲、非洲和美洲航海路线的要道上，它优良的港口已给它带来了不尽的繁荣，台湾远洋渔船在大加纳利岛和丹纳丽芙岛都有停泊，想来对于这个地方不会陌生吧！

不知何时开始，它，已经成了大西洋里七颗闪亮的钻石，航海的人，北欧的避冬游客，将这群岛点缀得更加诱人了。

要分别旅行这么多的岛屿，我们的计划便完全删除了飞机这一项，当然，坐飞机、住大旅馆有它便利的地方，可是荷西和我更乐意带了帐篷，开了小车，漂洋过海地去探一探这神话中的仙境。

丹纳丽芙的嘉年华会

在未来这个美丽的绿岛之前，我一直幻想着它是一个美丽的海岛，四周环绕着碧蓝无波的海水，中间一座著名的雪山"荻伊笛"（Teide）高入云霄，庄严地俯视着它脚下零零落落的村落和田野，岛上的天空是深蓝色的，衬着它终年积雪的山峰……虽然早已知道这是个面积两千零五十八平方公里的大岛，可是我因受了书本的影响，仍然固执地想象它应该是书上形容的样子。

当我们开着小车从大船的肚子里跑上岸来时，突然只见码头边的街道上人潮汹涌，音响鼓笛齐鸣，吵得震天价响，路被堵住了，方向不清，前后都是高楼，高楼的窗口满满地悬挂着人群，真是一片混乱得有如大灾难来临前的景象。荷西开着车，东走被堵，西退被挡，要停下来，警察又挥手狂吹警笛，我们被这突然的惊吓弄得一时不知置身何处。

我正要伸出头去向路人问路，不料一只毛茸茸的爪子已经伸了进来，接着一个怪物在窗外向我呜呜怪叫，一面扭动着它黑色毛皮的身躯向我呼呼吹气。

正吓得来不及叫，这个东西竟然嘻嘻轻笑两声，摇摇摆摆地走了，我瘫在位子上不能动弹，看见远去的怪物身形，居然是一只"大金刚"。

奇怪的是，书上早说过，加纳利群岛没有害人的野兽，包括蛇在内，这儿一向都没有的，怎么会有"金刚"公然在街道上出现呢！

"啧！我们赶上了这儿的嘉年华会，自己还糊里糊涂地不知道。"荷西一拍方向盘，恍然大悟地叫了起来。

"啊！我们下去看。"我兴奋得叫了起来，推开车门就要往街上跑。

"不要急，今天是星期五，一直到下星期二他们都要庆祝的。"荷西说。

丹纳丽芙虽然是一个小地方，可是它是西班牙唯一盛大庆祝嘉年华会的一个省份。满城的居民几乎倾巢而出，有的公司行号和学校更是团体化装，在那几日的时间里，满街的人到了黄昏就披挂打扮好了他们选定的化装样式上阵，大街小巷地走着，更有数不清的乐队开道，令人眼花缭乱，目不暇给。

也许丹纳丽芙的居民，本身就带着狂欢的血液和热情，满街但见奇装异服的人潮，有十八世纪宫廷打扮的，有穿各国不同服装的，有士兵，有小丑，有怪物，有海盗，有工人，有自由女神、林肯、黑奴，有印第安人，有西部牛仔，有着中国功夫装的人，有马戏班，有女妖，有大男人坐婴儿车，有女人扮男人，有男人扮女人，更有大群半裸活生生的美女唱着森巴，敲着鼓，在人群里载歌载舞而来。

街旁放满了贩卖化装用品的小摊子，空气中浮着气球、糖渍的苹果、面具，挤得满满的在做生意。

荷西选了一顶玫瑰红的俗艳假发，叫我戴上，他自己是不来这一套的，我照着大玻璃，看见头上突然开出这么一大蓬红色卷发来，真是吓了一跳，戴着它成了"红头疯子"，在街上东张西望想找小孩子来吓一吓。

其实人是吓不到的，任何一个小孩子的装扮都比我可怕，七八岁的小家伙，穿着黑西装，披个大黑披风，脸抹得灰青灰青，一张口，两只长长的獠牙，拿着手杖向我咻咻逼来，分明是电影上的"化身博士"。

我虽然很快地就厌了这些奇形怪状的路人，可是每到夜间上街，那群男扮女装的东西仍然恶作剧地跟我直抢荷西，抢个不休，而女扮男装的家伙们，又跟荷西没完没了，要抢他身边的红头发太太，我们大嚷大叫，警察只是眯着眼睛笑，视为当然的娱乐。

路边有个小孩子看见了我，拉住妈妈的衣襟大叫："妈妈，你看这里有一个红发中国人！"

我蹲下去，用奇怪的声音对她说："小东西，看清楚，我不过是戴了一张东方面具而已！"

她真的伸手来摸摸我的脸,四周的人笑得人仰马翻,荷西惊奇地望着我说:"你什么时候突然幽默起来了,以前别人指指点点叫你中国人,你总是嫌他们无礼的啊!"

花车游行的高潮,是嘉年华会的最后一天,一波一波的人潮挤满了两边的马路,交通完全管制了,电视台架了高台子,黄昏时分,第一支穿格子衣服打扮成小丑乐队的去年得奖团体,开始奏着音乐出发了,他们的身后跟着无尽无穷的化装长龙。

荷西和我挤在人群里什么也看不见,只有小丑的帽子在我们眼前慢慢地飘过,没过一会儿,荷西蹲下来,叫我跨坐到他肩上去,他牢牢地捉住我的小腿,我抓紧他的头发,在人潮里居高临下,不放过每一个人的表情和化装。几乎每隔几队跳着舞走过的人,就又有一个鼓笛队接着,音乐决不冷场,群众时而鼓掌,时而大笑,时而惊呼,看的人和舞的人打成一片,只这欢乐年年的气氛已够让人沉醉,我不要做一个向隅的旁观者,坐在荷西的肩上,我也一样忘情地给游行的人叫着好、打着气。

一个单人出场的小丑,孤零零地走在大路中间,而他,只简单地用半个红乒乓球装了一个假鼻子,身上一件大灰西装,过短的黑长裤,两只大鞋梯梯突突地拉着走,惨白的脸上细细地涂了一个薄红嘴唇,淡淡的倒八字眉忧愁地挂在那儿,那气氛和落寞的表情,完完全全描绘出一个小丑下台后的悲凉,简直是毕卡索画中走下来的人物那么地震撼着我。我用力打着荷西的头叫他看,又说:"这一个比谁都扮得好,该得第一名。"而群众却没有给他掌声，因为美丽的嘉年华会小姐红红绿绿的花车已经开到了。

我们整整在街上站到天黑，游行的队伍却仍然不散，街上的人，恨不能将他们的热情化作火焰来燃烧自己的那份狂热，令我深深地受到了感动。作为一个担负着五千年苦难伤痕的中国人，看见另外一个民族，这样懂得享受他们热爱的生命，这样坦诚地开放着他们的心灵，在欢乐的时候，着彩衣，唱高歌，手舞之，足蹈之，不觉羞耻，无视人群，在我的解释里，这不是幼稚，这是赤子之心。我以前，总将人性的光辉，视为人对于大苦难无尽的忍耐和牺牲，而今，在欢乐里，我一样地看见了人性另一面动人而瑰丽的色彩，为什么无休无尽的工作才被叫做"有意义"，难道适时的休闲和享乐不是人生另外极重要的一面吗？

口哨之岛拉歌美拉

当我还是一个少年的时候，曾经有好一阵因为不会吹口哨而失望苦恼，甚而对自己失去信心，到如今，我还是一个不会吹口哨的人。

许久以前，还在撒哈拉生活的时候，就听朋友们说起，拉歌美拉岛上的人不但会说话，还有他们自己特别的口哨传音法。也许这一个面积三百八十平方公里的小岛，大部分是山峦的结果，居民和居民之间散住得极远，彼此对着深谷无法叫喊，所以口哨就被一代一代传下来了。更有一本书上说，早年的海盗来到拉歌美拉岛，他们将岛上的白皮肤土著的舌头割了下来，要贩去欧洲做奴隶。许多无舌的土著在被贩之前逃入深山去，他们失了舌头，不能说话，便发明了口哨的语言。（我想书上说的可能不正确，因为吹口哨舌头也是要卷动的，因为我自己不会吹，所以无法确定。）

渡轮从丹纳丽芙到拉歌美拉只花了一个半小时的行程，我们只计划在这里停留一天便回丹纳丽芙去，所以车子就放在码头上，两手空空地坐船过来了。

寂寥的拉歌美拉码头只有我们这条渡船泊着，十几个跟着旅行团来的游客，上了大巴士走了，两辆破旧的吉普车等着出租，一群十多岁的孩子们围着船看热闹。

我们问明了方向，便冒着太阳匆匆地往公共汽车站大步走去。站上的人说，车子只有两班入山，一班已开出了，另外一班下午开，如果我们要搭，势必是赶不上船开的时间回来，总之是没有法子入山了。

这个沿着海港建筑的小镇，可说一无市面，三四条街两层楼的房子组成了一个落寞的、被称为城市的小镇，这儿看不见什么商店，没有餐馆，没有超级市场，也没有欣欣向荣的气息。才早晨十点多，街上已是空无人迹，偶尔几辆汽车开过阳光静静照耀着的水泥地广场。碎石满布的小海湾里，有几条搁在岸上的破渔船，灰色的墙上被人涂了大大的黑字——我们要电影院，我们是被遗忘了的一群吗？——看惯了政治性的涂墙口号，突然在这个地方看见年轻人只为了要一座电影院在呐喊，使我心里无由地有些悲凉。

拉歌美拉在七个岛屿里，的确是被人遗忘了，每年近两百万欧洲游客避冬的乐园，竟没有伸展到它这儿来，岛上过去住着一万九千多的居民，可是这七八年来，能走的都走了，对岸旅馆林立的丹纳丽芙吸走了所有想找工作的年轻人，而它，竟是一年比一年衰退下去。

荷西与我在热炽的街道上走着，三条街很快地走完了，我们看见一家兼卖冷饮的杂货店，便进去跟老板说话。

老板说："山顶上有一个国家旅馆，你们可以去参观。"

我们笑了起来，我们不要看旅馆。

"还有一个老教堂，就在街上。"老板几乎带着几分抱歉的神情对我们说。

这个一无所有的市镇，也许只有宗教是他们真正精神寄托的所在了。

我们找到了教堂，轻轻地推开木门，极黯淡的光线透过彩色玻璃，照耀着一座静静的圣堂，几支白蜡烛点燃在无人的祭坛前。

我们轻轻地坐在长椅上，拿出带来的三明治，大吃起来。

我边吃东西边在幽暗的教堂里晃来晃去，石砌的地下，居然发现一个十八世纪时代葬在此地的一个船长太太的墓，这个欧洲女子为什么会葬在这个无名的小岛上？她的一生又是如何度过？而我，一个中国人，为什么会在那么多年之后，蹲在她棺木的上面，默想着不识的她？在我的解释里，这都是缘分，命运的神秘，竟是如此地使我不解而迷惑。

当我在破旧的风琴上，弹起歌曲来时，祭坛后面的小门悄悄地开了，一个中年神父搓着手，带着笑容走出来。真是奇怪，神父们都有搓手的习惯，连这个岛上的神父也不例外。

"欢迎，欢迎，听见音乐，知道有客人来了。"

我们分别与他握手，他马上问有什么可以替我们服务的地方。

"神父，请给一点水喝好吗？我渴得都想喝圣水了。"我连忙请求他。

喝完了一大瓶水，我们坐下来与神父谈话。

"我们是来听口哨的，没有车入山，不知怎么才好。"我又说。

"要听口哨在山区里还是方便，你们不入山，那么黄昏时去广场上找，中年人吹得比青年人好，大家都会吹的。"

我们再三地谢了神父后出来，看见他那渴望与我们交谈的神情，又一度使我黯然。神父，在这儿亦是寂寞的。

坐在广场上拖时间，面对着这个没有个性、没有特色的市镇，我不知不觉地枕在荷西的膝上睡着了。醒来已是四点多钟，街上人亦多了起来。

我们起身再去附近的街道上走着,无意间看见一家小店内挂着两个木做的Castanuela,这是西班牙人跳舞时夹在掌心中,用来拍击出声音来的一种响板,只是挂着的那一副特别地大,别处都没见过的,我马上拉了荷西进店去问价钱,店内一个六十多岁的黑衣老妇人将它拿了出来,说:"五百块。"我一细看,原来是机器做的,也不怎么好看,价格未免太高,所以就不想要了,没想到那个老妇人双手一举,两副板子神奇地滑落在她掌心,她打着节拍,就在柜台后面唱着歌跳起舞来。

我连忙阻止她,对她说:"谢谢!我们不买。"

这人也不停下来,她就跟着歌调向我唱着:"不要也没关系啊,我来跳舞给你看啊!"

我一看她不要钱,连忙把柜台的板一拉,做手势叫她出店来跳,这老妇人真是不得了,她马上一面唱一面跳地出来了,大方地站在店门口单人舞,细听她唱的歌词,不是这个人来了,就是那个人也来了,好似是唱一个庆典,每一句都是押韵的,煞是好听。

等她唱完了,我情不自禁地鼓起掌来,再问她:"老太太,你唱的是什么啊?"

她骄傲地回答:"唱我一个堂兄的葬礼,我自己作的诗,自己编来唱。"

一听是她自己作的,我更加感兴趣,请她再跳下去。

"舞不跳了,现在要吟诗给你们听。"她自说自话地也坐在我们坐的台阶上,用她沙哑的声音,一首一首的诗歌被她半唱半吟地诵了出来。诗都是押韵的,内容很多,有婚嫁,有收成,有死亡,有离别,有争吵,有谈情,还有一首讲的是女孩子绣花的事。

我呆呆地听着,忘了时间忘了空间,不知身在何处,但见老女人口中的故事在眼前一个一个地飘过。她的声音极为优美苍凉,加上是吟她自己作的诗,更显得真情流露,一派民间风味。

等到老女人念完了要回店去,我才醒了过来,赶紧问她:"老太太,你这么好听的诗有没有写下来?"

她笑着摇摇头,大声说:"不会写字,怎么抄下来?我都记在自己脑子里啦!"

我怅然若失地望着她的背影,这个人有一天会死去,而她的诗歌便要失传了,这是多么可惜的事。问题是,又有几个人像我们一样地重视她的才华呢?恐怕连她自己也不知道自己的价值吧!

走回到广场上,许多年轻人正在互掷白粉,撒得全头全身都是雪白的,问起他们,才知道这儿的嘉年华会的风俗不是化装游行,而是撒白粉,荷西与我是外地来的人,他们很害羞,不敢撒我们。

"荷西,去找人来吹口哨。"我用手肘把荷西顶到人群里去。

"唉——"荷西为难地不肯上前。

"你怕羞我来讲。"我大步往孩子们前面走去。

"要听口哨？我们吹不好，叫那边坐着的老人来吹。"孩子们热心地围着我，有一个自动地跑去拉了两个五十多岁根本不老的人来。

"真对不起，麻烦你们了。"我低声下气地道歉着，这两个中年人极为骄傲地笑开了脸，一个走得老远，做出预备好了的姿势。

这边一个马上问我："你要我说什么？"

"说——坐下去——"我马上说。

在我身边的那人两手握嘴，悠扬的口哨如金丝雀歌唱一样，传到广场对面去，那另一个中年人听了，笑了，慢慢坐了下去。

"现在，请吹——站起来——"我又说。

口哨换了调子，那对面的人就站了起来。

"现在请再吹——跳舞——"

那边的人听了这如鸟鸣似的语言，真的做了一个舞蹈的动作。

荷西和我亲眼见到这样的情景真是惊异得不敢相信，我更是乐得几乎怔了，接着才跺脚大笑了起来。这真是一个梦境，梦里的人都用鸟声在说话。我笑的时候，这两个人又彼此快速地用口哨交谈着，最后我对那个身边的中年人说："请把他吹到咖啡馆去，我们请喝一杯红酒。"

这边的人很愉快地吹了我的口讯，奇怪的是，听得懂口哨的大孩子们也叫了起来："也请我们，拜托，也请我们。"

于是，大家往小冷饮店跑去。

在冷饮店的柜台边，这些人告诉我们："过去哪有谁说话，大家都是老远吹来吹去地聊天，后来来了外地的警察，他们听不懂我们在吹什么，就硬不许我们再吹。"

"你们一定做过取巧的事情，才会不许你们吹了。"我说。

他们听了哈哈大笑，又说："当然啦，警察到山里去捉犯人，还在走呢，别人早已空谷传音去报信了，无论他怎么赶，犯人总是比他跑得快。"

小咖啡馆的老板又说："年轻的一代不肯好好学，这唯一的口哨语言，慢慢地在失传了，相信世界上只有我们这个岛，会那么多复杂一如语言的口哨，可惜——唉！"

可惜的是这个岛，不知如何利用自己的宝藏来使它脱离贫穷，光是口哨传音这一项，就足够吸引无尽的游客了，如果他们多做宣传，前途是极有希望的，起码年轻人需要的电影院，该是可以在游客身上赚回来的了。

杏花春雨下江南

不久以前，荷西与我在居住的大加纳利岛的一个画廊里，看见过一幅油画，那幅画不是什么名家的作品，风格极像美国摩西婆婆的东西。在那幅画上，是一座碧绿的山谷，谷里填满了吃草的牛羊，农家，羊肠小径，喂鸡的老婆婆，还有无数棵开了白花的大树，那一片安详天真的景致，使我钉在画前久久不忍离去。多年来没有的冲动，恨不能将那幅售价不便宜的大画买回去，好使我天天面对这样吸引人的一个世界。因为荷西也有许多想买的东西未买，我不好任性地花钱在一幅画上，所以每一次上街时，我都跑去看它，看得画廊的主人要打折卖给我了，可惜的是，我仍不能对荷西说出这样任性的请求，于是，画便不见了。

要来拉芭玛岛之前，每一个人都对我们说，加纳利群岛里最绿最美也最肥沃的岛屿就是拉芭玛，它是群岛中最远离非洲大陆的一个，七百二十平方公里的土地，大部分是山区，八万多的人口，却有松木、葡萄、美酒、杏仁、芭蕉和菜蔬的产品出口。这儿水源不断，高山常青，土地肥沃，人，也跟着不同起来。

一样是依山临海建筑出来的城市，可是它却给人无尽优雅、高尚而殷实的印象。这个小小的城镇有许许多多古老的建筑，木质的阳台窗口，家家户户摆满了怒放的花朵，大教堂的广场上，成群纯白的鸽子飞上飞下，凌霄花爬满了古老的钟楼，虽然它一样地没有高楼大厦，可是在柔和的街灯下，一座座布置精美的橱窗，使人在安详宁静里，嗅到了文化的芳香，连街上的女人，走几步路都是风韵十足。

我们带了简单的行李，把车子仍然丢在丹纳丽芙，再度乘船来到这个美丽的地方。

其实，运车的费用，跟一家清洁的小旅馆几乎是相同的。

我们投宿的旅社说起来实是一幢公寓房子，面对着大海，一大厅，一大卧室，浴室，设备齐全的厨房，每天的花费不过是合新台币三百二十元而已，在西班牙本土，要有这样水准而这么便宜的住宿，已是不可能的了。

我实在喜欢坐公共汽车旅行，在公车上，可以看见各地不同的人和事，在我，这是比关在自己的车内只看风景的游玩要有趣得多了。

清晨七点半，我们买好了环岛南部的长途公车票，一面吃着面包，一面等着司机上来后出发。

最新型的游览大客车被水洗得发亮，乘客彼此交谈着，好像认识了一世纪那么地熟稔，年纪不算太轻的老司机上了车，发现我们两个外地人，马上把我们安排到最前面的好位子上去坐。

出发总是美丽的，尤其是在一个阳光普照的清晨上路。

车子出了城，很快地在山区里爬上爬下，只见每经过一个个的小村落，都有它自己的风格和气氛。教堂林立，花开遍野，人情的祥和，散发在空气里，甚如花香。更令我们惊讶的是，这个被人尊称为唐·米盖的老司机，他不但开车、卖票、管人上下车，还兼做了民间的传信人，每经过一个山区，他就把头伸出窗外，向过路的村人喊着："喂！这是潢儿子的来信，那是安东尼奥托买的奖券，报纸是给村长的，这个竹篮里的食物是寡妇璜娜的女儿托带上来的。"

路上有等车的人带着羊，捐着大袋的马铃薯麻袋，这个老司机也总是不慌不忙地下车去，打开车厢两边的行李箱，细心地帮忙把东西和动物塞进去，一边还对小羊喃喃自语："忍耐一下，不要叫，马上就让你下车啦！"

有的农妇装了一大箩筐的新鲜鸡蛋上车，他也会喊："放好啊！要开车啦，可不能打破哦！"

这样的人情味，使得在一旁观看的我，认为是天下奇观。公平的是，老司机也没有亏待我们，车子尚未入高山，他就说了："把毛衣穿起来吧！我多开一段，带你们去看国家公园。"

这个司机自说自话，为了带我们观光，竟然将车穿出主要的公路，在崇山峻岭气派非凡的大松林里慢慢地向我们解说着当前的美景，全车的乡下人没有一个抱怨，他们竟也悠然地望着自己的土地出神。车子一会儿在高山上，一会儿又下海岸边来，每到一个景色秀丽的地方，司机一定停下来，把我们也拖下车，带着展示家园的骄傲，为我们指指点点。

"太美了，拉芭玛真是名不虚传！"我叹息着竟说不出话来。

"最美的在后面。"唐·米盖向我们眨眨眼睛。我不知经过了这样一幅一幅图画之后，还可能有更美的景色吗？

下午两点半，终站到了，再下去便无公路了，我们停在一个极小的土房子前面，也算是个车站吧！

下车的人只剩了荷西与我，唐·米盖进站去休息了，我坐了六小时的车，亦是十分疲倦，天空突然飘起细细的小雨来，气候带着春天悦人的寒冷。

荷西与我离了车站，往一条羊肠小径走下去，两边的山崖长满了蕨类植物，走着走着好似没有了路，突然，就在一个转弯的时间，一片小小的平原在几个山谷里，那么清丽地向我们呈现出来。满山遍野的白色杏花，像迷雾似的笼罩着这寂静的平原，一幢幢红瓦白墙的人家，零零落落地散布在绿得如同丝绒的草地上。细雨里，果然有牛羊在低头吃草，有一个老婆婆在喂鸡，偶尔传来的狗叫声，更衬出了这个村落的宁静。时间，在这里是静止了，好似千万年来，这片平原就是这个样子，而千万年后，它也不会改变。

我再度回想到那幅令我着迷了的油画，我爱它的并不是它的艺术价值，我爱的是画中那一份对安详的田园生活的憧憬，每一个人梦中的故乡，应该是画中那个样子的吧！

荷西和我轻轻地走进梦想中的大图画里，我清楚地明白，再温馨，再甜蜜，我们过了两小时仍然是要离去的，这样的怅然，使我更加温柔地注视着这片杏花春雨，在我们中国的江南，大概也是这样的吧！

避秦的人，原来在这里啊！

女巫来了

车子要到下午三点钟再开出，我们坐在杏花树下，用手帕盖着头发，开始吃带来的火腿面包，吃着吃着，远处一个中年女人向我们悠闲地走来，还没走到面前，她就叫着："好漂亮的一对人。"我们不睬她，仍在啃面包，想不到这个妇人突然飞快地向我扑来，一只手闪电似的拉住了我的头发，待要叫痛，已被她拔了一小撮去。我跳了起来，想逃开去，她却又突然用大爪子一搭搭着荷西的肩，荷西喂、喂地乱叫着，刷一下，他的胡子也被拉下了几根，我们吓得不能动弹，这个妇人拿了我们的毛发，背转身匆匆地跑不见了。

"疯子？"我望着她的背影问荷西，荷西专注地看着那个远去的人摇摇头。

"女巫！"他几乎是肯定地说。

我是有过一次中邪经验的人，听了这话，全身一阵寒冷。我们不认识这个女人，她为什么来突袭我们，抢我们的毛发？这使我百思不解，心中闷闷不乐，身体也不自在起来。

加纳利群岛的山区，还是讲求男巫女巫这些事情，在大加纳利岛，我们就认识一个住城里靠巫术为生的女人，也曾给男巫医治过我的腰痛。可是，在这样的山区里，碰到这样可怕的人来抢拔毛发，还是使我惊吓，山谷的气氛亦令人不安了，被那个神秘的女人一搞，连面包也吃不下去，跟荷西站起来就往车站走去。

"荷西，有没有哪里不舒服？"在车上我一再地问荷西，摸摸他的额头，又熬了六小时，平安地坐车回到市镇，两人才渐渐淡忘了那个可怕女人的惊吓。

拉芭玛的美尚在其次，它的人情味使人如回故乡，我们无论在哪儿游历，总会有村人热心指路。在大蕉园看人收获芭蕉，我羡慕地盯住果园农人用的加纳利特出的一种长刀，拿在手里反复地看，结果农人大方地送给我们了，连带刀鞘都解下来给我们。

这是一个美丽富裕的岛屿，一个个糖做的乡下人，见了我们，竟甜得像蜜似的化了开来。如有一日，能够选择一个终老的故乡，拉芭玛将是我考虑的一个好地方。住了十二天，依依不舍地乘船离开，码头上钓鱼的小孩子，正跟着船向甲板上的我们挥手，高呼着再见呢！

回　家

在经过了拉芭玛岛的旅行之后，荷西与我回到丹纳丽芙，那时嘉年华会的气氛已过，我们带了帐篷，开车去大雪山静静地露营几日，过着不见人间烟火的生活。大雪山荻伊笛是西班牙划归的另一个国家公园，这里奇花异草，景色雄壮，有趣的是，这儿没有蛇，没有蝎子，露营的人可以放心地睡大觉。

在雪山数日，我受了风寒，高烧不断，荷西与我商量了一会儿，决定放弃另外一个只有五千人的岛屿伊埃萝，收拾了帐篷，结束这多日来的旅程，再乘船回大加纳利岛的家中去休息。过了一星期，烧退了，我们算算钱，再跟加纳利本岛的人谈谈，决定往上走，放弃一如撒哈拉沙漠的富得文都拉，向最顶端的兰沙略得岛航去。

也许大加纳利接近非洲大陆的缘故，它虽然跟圣十字的丹纳丽芙省同隶一个群岛，而它的风貌却是完完全全的不同了，这亦是加纳利群岛可贵的地方。

黑色沙漠

人们说，加纳利群岛是海和火山爱情的结晶，到了兰沙略得岛，才知道这句话的真意。这是一片黑色低矮平滑的火山沙砾造成的乐园，大地温柔地起伏着，放眼望去，但见黑色和铜锈红色。甚而夹着深蓝色的平原，在无穷的穹苍下，静如一个沉睡的巨人，以它近乎厉冽的美，向你吹吐着温柔的气息。

这儿一切都是深色的，三百个火山口遍布全岛，宁静庄严如同月球，和风轻轻地刮过平原，山不高，一个连着一个，它是超现实画派中的梦境，没有人为的装饰，它的本身正向人呈现了一个荒凉诗意的梦魇，这是十分文学的梦，渺茫孤寂，不似在人间。

神话中的金苹果，应该是藏在这样神秘的失乐园里吧！

兰沙略得岛因为在群岛东面的最上方，在十四世纪以来，它受到的苦难也最多，岛上的土著一再受到各国航海家和海盗的骚扰、屠杀，整整四个世纪的时间，这儿的人被捉，被贩为奴隶，加上流行瘟疫的袭击，真正的岛民已经近乎绝种了，接着而来的是小部分西班牙南部安塔露西亚和中部加斯底牙来的移民，到了现在，它已是一个五万人口的地方了。

在这样贫瘠的土地上，初来的移民以不屈不挠的努力，在向大自然挑战，到了今天，它出产的美味葡萄、甜瓜和马铃薯已足够养活岛上居民的生活。更有人说，兰沙略得的岛民，是全世界上最最优秀的渔夫，他们驾着古老的，状似拖鞋的小渔船，一样在大西洋里网着成箱成箱的海味。

来到兰沙略得，久违的骆驼像亲人似的向我们鸣叫。在这儿，骆驼不只是给游客骑了观光，它们甚而在田里拖犁，在山上载货，老了还要杀来吃，甚至外销到过去的西属撒哈拉去。

在这七百多平方公里的岛上，田园生活是艰苦而费力的，每一小块葡萄园，都用防风石围了起来，农作物便生长在这一个浅浅的石井里。洁白的小屋，平顶的天台，极似阿拉伯的建筑风味，与大自然的景色配合得恰到好处，它绝不是优雅的，秀丽的，它是寂寂的天，寂寂的地，吹着对岸沙漠刮过来的热风。

也许是这儿有骆驼骑，又有火山口可看的缘故，欧洲寒冷地带来长住过冬的游客，对于这个特异的岛屿很快地就接受了，加上它亦是西班牙国家公园中的一个，它那暗黑和铜红的沙漠里，总有一队队骑着骆驼上山下山的游人。

为了荷西坚持来此打鱼潜水的方便，我们租下了一个小客栈的房间，没有浴室相连，租金却比拉芭玛岛高出了很多。这儿有渔船、有渔夫，港口的日子，过起来亦是悠然。

当荷西下海去射鱼时，我坐在码头上，跟老年人谈天说地，听听他们口中古老的故事和传说，晚风习习地吹拂着，黑色的山峦不长一粒花朵，却也自有面对它的喜悦。

第三日，我们租了一辆摩托车到每一个火山口去看了看，火山，像地狱的入口一般，使人看了惊叹而迷惑，我实在是爱上了这个神秘的荒岛。

大自然的景色固然是震撼着我，但是，在每一个小村落休息时，跟当地的人谈话，更增加了旅行的乐趣，如果这个世界上没有人存在，再美的土地也吸引不了我，有了人，才有趣味和生气。

旅社的老板告诉我们，来了兰沙略得而不去它附属的北部小岛拉加西奥沙（La Graciosa）未免太可惜了。我们曾在山顶看见过这个与兰沙略得只有一水之隔的小岛，二十七平方公里的面积，在高原上俯瞰下去，不过是一片沙丘，几户零落的人家和两个不起眼的海湾而已。

"你们去住，荷西下水去，就知道它海府世界的美了。"几乎每一个渔民都对我们说着同样的话。

在一个清晨，我们搭上了极小的舴艋船，渡海到拉加西奥沙岛去。去之前，有人告诉我们，先拍一个电报给那边的村长乔治，我想，有电信局的地方，一定是有市镇的了，不想，那份电报是用无线电在一定联络的时间里喊过对岸去的。

村长乔治是一个土里土气的渔民，与其说他是村长，倒不如叫他族长来得恰当些。在这个完全靠捕鱼为生的小岛上，近亲与近亲通婚，寡妇与公公再婚，都是平淡无奇的事情，这是一百年流传下来的大家族，说大家族，亦不过只有一百多人存留下来而已。

我们被招待到一个木板铁皮搭成的小房间里去住，淡水在这儿是极缺乏的，做饭几乎买不到材料，村里的人收我们每人五百块西币（约三百元台币）管吃住，在我，第一次生活在这样的一个小岛上，有得吃住，已是非常满足了。每一次在村长家中的厨房里围吃咸鱼白薯，总使我想到荷兰大画家梵谷的一张叫《食薯者》的画，能在这儿做一个画中人亦是福气。

拉加西奥沙岛小得一般地图上都无法画它，而它仍是有两座火山口的，不再热炽的火山口里面，被居民辛苦地种上了番茄，生活的挣扎，在这儿已到了极限，而居民一样会唱出优美的歌曲来。

荷西穿上潜水衣的时候，几乎男女老少都跑出来参观，据他们说，二十年前完全没见过潜水的人，有一次来了几个游客，乘了船，背了气筒下海去遨游，过了半小时后再浮上来时，发觉船上等着的渔民都在流泪，以为他们溺死了。

荷西为什么选择了海底工程的职业，在我是可以了解的，他热爱海洋，热爱水底无人的世界，他总是说，在世上寂寞，在水里怡然，这一次在拉加西奥沙的潜水，可说遂了他的心愿。

"三毛，水底有一个地道，一直通到深海，进了地道里，只见阳光穿过飘浮的海藻，化成千红万紫亮如宝石的色彩，那个美如仙境的地方，可惜你不能去同享，我再去一次好吗？"荷西上了岸，晒了一会儿太阳，又往他的梦境里潜去。

我没有去过海底，也不希望下去，这份寂寞的快乐，成了荷西的秘密，只要他高兴，我枯坐岸上也是甘心。

那几日我们捉来了龙虾，用当地的洋葱和番茄拌成了简单的沙拉，人间处处有天堂，上帝没有遗忘过我们。

在这个芝麻似的小岛上，我们流连忘返，再要回到现实生活里来，实在需要勇气。当我们从拉加西奥沙乘船回到兰沙略得来时，我已经为即将终了的旅程觉得怅然，而再坐大船回到车水马龙、嘈杂不堪的大加纳利岛来时，竟有如梦初醒时那一霎间的茫然和无奈，心里空空洞洞，漫长的旅行竟已去得无影无踪了。

大加纳利岛

这本来是一个安静而人迹稀少的岛屿，十年前欧洲渴求阳光的游客，给它带来了不尽的繁荣，终年泊满了船只的优良大港口，又增加了它的重要性。西班牙政府将这儿开放为自由港之后，电器、摄影、手表，这些赋重税的商店又挤满在大街小巷，一个乱糟糟的大城,我总觉得它有着像香港一式一样的气氛,满街无头蜂似的游客,使人走在它里面就心烦意乱。

有一次我问国内渔业界的巨子曲先生,对于大加纳利岛的印象如何,因为他每年为了渔船的业务总得来好多次,他说:"没有个性,嘈杂不堪,也谈不上什么文化。"我认为他对这个城市的解释十分确切,也因为我极不喜欢这个大城的一切,所以荷西与我将家安置在远离城外的海边住宅区里,也感谢它的繁荣,无论从哪里进城,它都有完善的、四通八达的公路,住在郊外并无不便的地方。

大加纳利岛的芭蕉、烟草、番茄、黄瓜和游客,都是它的命脉,尤其是北欧来的游客,他们乘着包机,成群结队而来,一般总是住到三星期以上,方才离开,老年的外国人,更是大半年都住在此地过冬。正因为它在撒哈拉沙漠的正对面,这儿可说终年不雨,阳光普照,四季如春,没有什么显明的气候变化。一千五百三十二平方公里的面积,居住了近五十万的居民,如果要拿如候鸟似的来度冬的游客做比较,它倒是游客比居民要多了。

这儿的机场豪华宽大,每一天都有无数不同的班机飞往世界各地,南部的海滩更是旅馆林立。岛上中国餐馆有许多许多家,他们的对象还是北欧游客,本地加纳利人对于中国菜还没有文明到开始去尝试的地步。

令人惊异的是,我所认识的大加纳利岛的本地朋友,并没有因为游客的增加而在思想上进步，他们普遍地仍然十分保守，主食除了马铃薯和面包之外，还有不可少的炒麦粉，也就是此地叫它做 goflo 的东西，外来的食物，即使是西班牙本土的，仍然不太被他们接受。

此地的女孩一般早婚，二十二岁还没有男友在老一代的父母眼中已是焦急的事情了。

这儿如我们中国汕头式抽花的台布和餐巾，亦是他们主要卖给游客的纪念品。另外由印度和摩洛哥过来的商人所开的"巴撒"，亦是游客购物的中心，店内的东西并不是本地的土产，东方的瓷器、装饰品，在这儿亦拥有很大的市场。

去年，在大加纳利岛的北部，因为一个医生和他的助手，还有乡间多人看见一个被称为飞碟的天空不明物体，这儿又热闹过一阵。台湾《大华晚报》上，也曾刊登过这一个消息。

其实，在邓尼肯所写的《史前的奥秘》那本书里，亦曾举出存在大加纳利岛上那二百八十多个洞穴建筑方式的谜，因为邓尼肯认为，这些洞穴是太空人用一种喷火的工具或一种光线开出来的，绝不是天然或世人用工具去挖的，我因为看过这本书，所以也曾两度爬上那个石窟里去观察过，只是看不出什么道理来。

飞碟的传说，经常在这儿出现，光是去年一年，在富得文都拉岛和丹纳丽芙岛都有上千的人看见，三月十三日西班牙本土的《雅报》，还辟了两大张在谈论着加纳利群岛的不明飞行体。

我个人在撒哈拉沙漠亦曾看过两次，一次是在黑夜，那可能是眼误,一次是黄昏在西属沙漠下方的一个城镇。第二次的不明体来时,整城停电,连汽车也发不动,它足足浮在那儿快四十分钟,一动也不动,那是千人看见的事实,当然那亦可能是一个气球的误会,只是它升空时所做的直角转弯,令人百思不解,这又扯远了。

加纳利群岛只在撒哈拉沙漠一百公里的对面,想来飞碟的入侵也是十分方便的。

这所说的只是大加纳利岛这几个月来比较被人谈论的趣事之一而已。

我住的乡下有许多仍在种番茄为生的农人,他们诚恳知礼,番茄收成的时候总是大袋地拿来送我,是一群极易相处的邻居。人们普遍地善良亲切,虽然它四季不分的气候使人不耐,我还是乐意住下去,直到有一天,荷西与我必须往另一个未知的下一站启程时为止。

加纳利群岛一向是游客的天堂,要以这么短短的篇幅来介绍它,实在可惜,希望有一天,读者能亲身来这个群岛游历一番,想来各人眼中的世界,跟我所粗略介绍的又会有很大的不同了。

一个陌生人的死

"大概是他们来了。"我看见坟场外面的短墙扬起一片黄尘，接着一辆外交牌照的宾士牌汽车慢慢地停在铁门的入口处。

荷西和我都没有动，泥水工正在拌水泥，加里朴素得如一个长肥皂盒的棺木静静地放在墙边。

炎热的阳光下，只听见苍蝇成群的嗡嗡声在四周回响着，虽然这一道如同两层楼那么高的墙都被水泥封死了，但是砌在里面的棺木还是发出一阵阵令人不舒服的气味，要放入加里的那一个墙洞是在底层，正张着黑色的大嘴等着尸体去填满它。

那个瑞典领事的身后跟着一个全身穿黑色长袍的教士，年轻红润的脸孔，被一头如嬉皮似的金发罩到肩膀。

这两人下车时，正高声地说着一件有趣的事，高昂的笑声从门外就传了过来。

等他们看见等着的我们时，才突然收住了满脸的笑纹，他们走过来时，还抿着嘴，好似意犹未尽的样子。

"啊！你们已经来了。"领事走过来打招呼。

"日安！"我回答他。

"这是神父夏米叶，我们领事馆请来的。"

"您好！"我们彼此又握了握手。

四个人十分窘迫地站了一会儿，没有什么话说。

"好吧！我们开始吧！"神父咳了一声就走近加里的棺木边去。

他拿出圣经来用瑞典文念了一段经节，然后又用瑞典文说了几句我们听不懂的话，不过两分钟的时间吧，他表示说完了，做了一个手势。

我们请坟园的泥水工将加里的棺木推到墙内的洞里去，大家看着棺木完全推进去了，神父这才拿出一个小瓶子来，里面装着一些水。

"这个，你来洒吧！"他一面用手很小心地摸着他的长发，一面将水瓶交给我。

"是家属要洒的？"

"是，也不是。"领事耸耸肩，一副无可奈何的表情。

我拿起瓶子来往加里的棺木上洒了几滴水，神父站在我旁边突然画了一个十字。

"好了！可以封上了。"领事对泥水工说。

"等一下。"我将一把加里院子里的花丢到他的棺材上去，泥水工这才一块砖一块砖地封起墙来。

我们四个人再度沉默地木立着，不知说什么好。

"请问你们替加里付了多少医药费？"

"账单在这里，不多，住院时先付了一大半。"荷西将账单拿出来。

"好，明后天请你们再来一次，我们弄好了文件就会结清给你们，好在加里自己的钱还有剩。"

"谢谢！"我们简短地说了一句。

这时坟场刮起了一阵风，神父将他的圣经夹在腋下，两只手不断地理他的头发，有礼的举止却盖不住他的不耐。

"这样吧！我们很忙，先走了，这面墙——"

"没关系，我们等他砌好了再走，您们请便。"我很快地说。

"那好，加里的家属我们已经通知了，到现在没有回音，他的衣物——唉！"

"我们会理好送去领事馆的，这不重要了。"

"好，那么再见了。"

"再见！谢谢你们来。"等砌好了墙，我再看了一眼这面完全是死人居所的墙，给了泥水工他该得的费用，也大步地跟荷西一起走出去。

荷西与我离开了撒哈拉沙漠之后，就搬到了近西北非在大西洋海中的西属加纳利群岛暂时安居下来。

在我们租下新家的这个沿海的社区里，住着大约一百多户人家,这儿大半是白色的平房,沿着山坡往一个平静的小海湾里建筑下去。

虽说它是西班牙的属地,我们住的地方却完完全全是北欧人来度假、退休、居留的一块乐土,西班牙人反倒不多见。

这儿终年不雨,阳光普照,四季如春,尤其是我们选择的海湾,往往散步两三小时也碰不到一个人影。海滩就在家的下面,除了偶尔有一两个步伐蹒跚的老人拖着狗在晒太阳之外,这一片地方安详得近乎荒凉,望着一排排美丽的洋房和番茄田,我常常不相信这儿有那么多活着的人住着。

"欢迎你们搬来这里,我们这个社区,太需要年轻人加入。这块美丽的山坡,唯一缺少的就是笑声和生命的气氛,这儿,树和花年年都在长,只有老人,一批批像苍蝇似的在死去,新的一代,再也不肯来这片死寂的地方了。"

社区的瑞典负责人与我们重重地握着手,诚恳地表示他对我们的接纳,又好似惋惜什么的叹了口气。

"这一点您不用愁,三毛是个和气友爱的太太,我,是个粗人,不会文文静静地说话,只要邻居不嫌吵,我们会把住的一整条街都弄活泼起来。"荷西半开玩笑地对这个负责人说,同时接下了一大串租来小屋的钥匙。

我们从车上搬东西进新家去的那一天,每一幢房子里都有人从窗口在张望,没有一个月左右,这条街上的邻居大部分都被我们认识了,早晚经过他们的家,我都叫着他们的名字,扬扬手,打个招呼,再问问他们要不要我们的车去市场买些什么东西带回来。偶尔荷西在海里捉到了鱼,我们也会拿绳子串起来,挨家去送鱼给这些平均都算高龄的北欧人,把他们的门打得砰砰地响。

"其实这里埋伏着好多人,只是乍时看不出来,我们可不能做坏事。"我对荷西说。

"这么安静的地方,要我做什么捣蛋的事也找不到对象,倒是你,老是跳进隔壁人家院子去采花,不要再去了。"

"隔壁没有人住。"我理直气壮地回答着他。

"我前几天还看到灯光。"

"真的?奇怪。"我说着就往花园跑去。

"你去哪里?三毛。"

他叫我的时候,我早已爬过短墙了。

这个像鬼屋一样的小院子里的花床一向开得好似一匹彩色的缎子,我总是挑白色的小菊花采,很少注意到那幢门窗紧闭、窗帘完全拉上的房子里是不是有人住,因为它那个气氛,不像是有生命的一幢住家,我几乎肯定它是空的。

我绕了一圈房子,窗帘密密地封着大窗,实在看不进去,绕到前面,拿脸凑到钥匙洞里去看,还是看不到什么。

"荷西,你弄错了,这里一个人也没有。"我往家的方向喊着。

再一回头,突然在我那么近的玻璃窗口,我看见了一张可怕的老脸,没有表情地注视着我,我被这意外吓得背脊都凉了，慢慢地转身对着他，口里很勉强地才吐出一句结结巴巴的"日安"。

我盯住这个老人看，他却缓缓开了大玻璃门。

"我不知道这里住着个人。对不起。"我用西班牙话对他说。

"啊！啊！"这个老人显然是跛着脚，他用手撑着门框费力地发出一些声音。

"你说西班牙话？"我试探地问他。

"不，不，西班牙，不会。"沙哑的声音，尽力地打着手势，脸上露出一丝丝微笑，不再那么怕人了。

"你是瑞典人？"我用德文问他。

"是，是，我，加里，加里。"他可能听得懂德文，却讲不成句。

"我，三毛，我讲德文你懂吗？"

"是，是，我，德国，会听，不会讲。"他好似站不住了似的，我连忙把他扶进去，放他在椅子上。

"我就住在隔壁，我先生荷西和我住那边，再见！"说完我跟他握握手，就爬墙回家了。

"荷西，隔壁住着一个可怕的瑞典人。"我向荷西说。

"几岁？"

"不知道，大概好几百岁了，皱纹好多，人很臭，家里乱七八糟，一双脚是跛的。"

"难怪从来不出门，连窗户都不打开。"

看见了隔壁的加里之后,我一直在想念着他,过了几天,我跟邻居谈天,顺口提到了他。

"啊!那是老加里,他住了快两年了,跟谁也不来往。"

"他没法子走路。"我轻轻地反驳这个中年的丹麦女人。

"那是他的事,他可以弄一辆轮椅。"

"他的家那么多石阶,椅子也下不来。"

"三毛,那不是我们的事情,看见这种可怜的人,我心里就烦,你能把他怎么办?我们又不是慈善机关,何况,他可以在瑞典进养老院,偏偏住到这个举目无亲的岛上来。"

"这里天气不冷,他有他的理由。"我争辩地说着,也就走开了。

每天望着那一片繁花似锦的小院落里那一扇扇紧闭的门窗,它使我心理上负担很重,我恨不得看见这鬼魅似的老人爬出来晒太阳,但是,他完完全全安静得使自己消失了,夜间,很少灯火,白天,死寂一片。他如何在维持着他的带病的生命,对我不止是一个谜,而是一片令我闷闷不乐的牵挂了,这个安静的老人每天如何度过他的岁月?

"荷西,我们每天做的菜都吃不了,我想——我想有时候不如分一点去给隔壁的那个加里吃。"

"随便你,我知道你的个性,不叫你去,你自己的饭也吃不下了。"

我拿着一盘菜爬过墙去,用力打了好久的门,加里才跛着脚来开。

"加里,是我,我拿菜来给你吃。"

他呆呆地望着我,好似又不认识了我似的。

"荷西,快过来,我们把加里抬出来吹吹风,我来替他开窗打扫。"

荷西跨过了矮墙,把老人放在他小院的椅子上,前面替他架了一个小桌子,给他叉子,老人好似吓坏了似的望着我们,接着看看盘子。

"吃,加里,吃。"荷西打着手势,我在他的屋内扫出堆积如山的空食物罐头,把窗户大开着透气,屋内令人作呕的气味一阵阵漫出来。

"天啊,这是人住的地方吗?"望着他没有床单的软垫子,上面黑漆漆的不知是干了的粪便还是什么东西糊了一大块,衣服内裤都像深灰色一碰就要破了似的抹布,床头一张发黄了的照片,里面有一对夫妇和五个小男孩很幸福地坐在草坪上,我看不出那个父亲是不是这个加里。

"荷西,他这样一个人住着不行,他有一大柜子罐头,大概天天吃这个。"

荷西呆望着这语言不通的老人,叹了口气,加里正坐在花园里像梦游似的吃着我煮的一盘鱼和生菜。

"荷西,你看这个。"我在加里的枕头下面掏出一大卷瑞典钱来,我们当他的面数了一下。

39

"加里，你听我说，我，他，都是你的邻居，你太老了，这样一个人住着不方便，你那么多钱，存到银行去，明天我们替你去开户头，你自己去签字，以后我常常带菜来给你吃，窗天天来替你打开，懂不懂？我们不会害你，请你相信我们，你懂吗？嗯！"

我慢慢地用德文说，加里啊啊地点着头，不知他懂了多少。

"三毛，你看他的脚趾。"荷西突然叫了起来，我的眼光很快地掠过老人，他的右脚，有两个脚趾已经烂掉了，只露出红红的脓血，整个脚都是黑紫色，肿胀得好似灌了水的象脚。

我蹲下去，把他的裤筒拉了起来，这片紫黑色的肉一直快烂到膝盖，臭不可当。

"麻风吗？"我直着眼睛张着口望着荷西，不由得打了一个寒颤。

"不会，一定是坏疽，他的家人在哪里，要通知他们。"

"如果家人肯管他，他也不会在这里了，这个人马上要去看医生。"

苍蝇不知从哪里成群地飞了来，叮在加里脓血的残脚上，好似要吃掉一个渐渐在腐烂了的尸体。

"加里，我们把你抬进去，你的脚要看医生。"我轻轻地对他说，他听了我说的话，突然低下头去，眼泪静静地爬过他布满皱纹的脸，他只会说瑞典话，他不能回答我。

这个孤苦无依的老人不知多久没有跟外界接触了。

"荷西，我想我们陷进这个麻烦里去了。"我叹了口气。

"我们不能对这个人负责，明天去找瑞典领事，把他的家人叫来。"

黄昏的时候，我走到同一社区另外一家不认识的瑞典人家去打门，开门的女主人很讶异地、有礼地接待了我。

"是这样的，我有一个瑞典邻居，很老了，在生病，他在这个岛上没有亲人，我想——我想请你们去问问他，他有没有医药保险，家人是不是可以来看顾他，我们语文不太通，弄不清楚。"

"哦！这不是我们的事，你最好去城里找领事，我不知道我能帮什么忙。"

说话时她微微一笑，把门轻轻带上了。

我又去找这社区的负责人，说明了加里的病。

"三毛，我只是大家公推出来做一个名誉负责人，我是不受薪的，这种事你还是去找领事馆吧！我可以给你领事的电话号码。"

"谢谢！"我拿了电话号码回来，马上去打电话。

"太太，你的瑞典邻居又老又病，不是领事馆的事，只有他们死了，我们的职责是可以代办文件的，现在不能管他，因为这儿不是救济院。"

第二天我再爬墙过去看加里，他躺在床上，嘴唇干得裂开了，手里却紧紧地扭着他的钱和一本护照，看见我，马上把钱摇了摇，我给他喝了一些水，翻开他的护照来一看，不过是七十三岁的人，为何已经被他的家人丢弃到这个几千里外的海岛上来等死了。

我替他开了窗，喂他吃了一点稀饭又爬回家去。

"其实，我一点也不想管这件事，我们不是他的谁，我们为什么要对他负责任？"荷西苦恼地说。

"荷西，我也不想管，可是大家都不管，这可怜的人会怎么样？他会慢慢地烂死，我不能眼看有一个人在我隔壁静静地死掉，而我，仍然过一样的日子。"

"为什么不能？你们太多管闲事了。"在我们家喝着咖啡，抽着烟的英国太太嘲笑地望着我们。

"因为我不是冷血动物。"我慢慢地盯着这个中年女人吐出这句话来。

"好吧！年轻人，你们还是孩子，等你们有一天五十多岁了，也会跟我一样想法。"

"永远不会，永远。"我几乎发起怒来。

那一阵邻居们看见我们，都漠然地转过身去，我知道，他们怕极了，怕我们为了加里的事，把他们也拖进去，彼此礼貌地打过招呼，就一言不发地走了。

我们突然成了不受欢迎又不懂事的邻居了。

"加里，我们带你去医院，来，荷西抱你去，起来。"我把加里穿穿好，把他的家锁了起来，荷西抱着他几乎干瘪的身体出门时，不小心把他的脚撞到了床角，脓血马上滴滴答答地流下来，臭得眼睛都张不开了。

"谢谢、谢谢!"加里只会喃喃地反复地说着这句话。

"要锯掉,下午就锯,你们来签字。"国际医院的医生是一个月前替我开刀的,他是个仁慈的人,但手术费也是很可观的。

"我们能签吗?"

"是他的谁?"

"邻居。"

"那得问问他,三毛,你来问。"

"加里,医生要锯你的腿,锯了才能活,你懂我的意思吗?要不要打电报去瑞典,叫你家里人来,你有什么亲人?"

加里呆呆地望着我,我再问:"你懂我的德文吗?懂吗?"

他点点头,闭上了眼睛,眼角再度渗出丝丝的泪来。

"我——太太没有,没有,分居了——孩子,不要我,给我死——给我死。"

我第一次听见他断断续续地说出这些句子来,竟然是要求自己死去,一个人必然是完完全全对生命已没有了盼望,才会说出这么令人震惊的愿望吧!

"他说没有亲人,他要死。"我对医生说。

"这是不可能的,他不锯,会烂死,已经臭到这个地步了,你再劝劝他。"

我望着加里,固执地不想再说一句话,对着这个一无所有的人,我能告诉他什么?

我能告诉他，他锯了脚，一切都会改变吗？他对这个已经不再盼望的世界，我用什么堂皇的理由留住他？

我不是他的谁，能给他什么补偿，他的寂寞和创伤不是我造成的，想来我也不会带给他生的意志，我呆呆地望着加里，这时荷西伏下身去，用西班牙文对他说："加里，要活的，要活下去，下午锯脚，好吗？"

加里终于锯掉了脚，他的钱，我们先替他换成西币，付了手术费，剩下的送去了领事馆。

"快起床，我们去看看加里。"加里锯脚的第二天，我催着荷西开车进城。

走进他的病房，门一推开，一股腐尸般的臭味扑面而来，我忍住呼吸走进去看他，他没有什么知觉地醒着，床单上一大片殷红的脓血，有已经干了的，也有从纱布里新流出来的。

"这些护士！我去叫她们来。"我看了马上跑出去。

"那个老头子，臭得人烦透了。"护士满脸不耐地抱了床单跟进来，粗手粗脚地拉着加里刚刚动过大手术的身子。

"小心一点！"荷西脱口说了一句。

"我们去走廊里坐着吧！"我拉了荷西坐在外面，一会儿医生走过来，我站了起来。

"加里还好吧？请问。"我低声下气地问。

"不错！不错！"

"怎么还是很臭？不是锯掉了烂脚？"

"啊！过几天会好的。"他漠然地走开了，不肯多说一句话。

那几日，我饮食无心，有空了就去加里的房子里看看，他除了一些陈旧的衣服和几条破皮带之外，几乎没有一点点值钱的东西，除了那一大柜子的罐头食品之外，只有重重的窗帘和几把破椅子，他的窗外小院里，反倒不相称地长满了纠缠不清、开得比哪一家都要灿烂的花朵。

最后一次看见加里，是在一个夜晚，荷西与我照例每天进城去医院看他，我甚至替他看中了一把用电可以走动的轮椅。

"荷西，三毛。"加里清楚地坐在床上叫着我俩的名字。

"加里，你好啦！"我愉快地叫了起来。

"我，明天，回家，我，不痛，不痛了。"清楚的德文第一次从加里的嘴里说出来。

"好，明天回家，我们也在等你。"我说着跑到洗手间去，流下大滴的泪来。

"是可以回去了，他精神很好，今天吃了很多菜，一直笑嘻嘻的。"医生也这么说。

第二天我们替加里换了新床单，又把他的家洒了很多花露水，椅子排排整齐，又去花园里剪了一大把野花，弄到中午十二点多才去接他。

"这个老人到底是谁？"荷西满怀轻松地开着车，好笑地对我说。

"随便他是谁,在我都是一样。"我突然觉得车窗外的和风是如此地怡人和清新,空气里满满的都是希望。

"你喜欢他吗?"

"谈不上,我没有想过,你呢?"

"我昨天听见他在吹口哨,吹的是——《大路》那张片子里的主题曲,奇怪的老人,居然会吹口哨。"

"他也有他的爱憎,荷西,老人不是行尸走肉啊!"

"奇怪的是怎么会在离家那么远的地方一个人住着。"

到了医院,走廊上没有护士,我们直接走进加里的房间去,推开门,加里不在了,绿色空床铺上了淡的床罩,整个病房清洁得好似一场梦。

我们呆在那儿,定定地注视着那张已经没有加里了的床,不知做什么解释。

"加里今天清晨死了,我们正愁着如何通知你们。"护士不知什么时候来了,站在我们背后。

"你是说,他——死了?"我愣住了,轻轻地问着护士。

"是,请来结账,医生在开刀,不能见你们。"

"昨天他还吹着口哨,还吃了东西,还讲了话。"我不相信地追问。

"人死以前总会这个样子的,大约总会好一天,才死。"

我们跟着护士到了账房间,她走了,会计小姐交给我们一张账单。

"人呢?"

"在殡仪馆,一死就送去了,你们可以去看。"

"我们,不要看,谢谢你。"荷西付了钱慢慢地走出来。

医院的大门外,阳光普照,天,蓝得好似一片平静的海,路上的汽车,无声地流过,红男绿女,打扮得花枝招展的一群群地走过,偶尔夹着高昂的笑声。

这是一个美丽动人的世界,一切的悲哀,离我们是那么地遥远而不着边际啊!

大胡子与我

结婚以前大胡子问过我一句很奇怪的话:"你要一个赚多少钱的丈夫?"

我说:"看得不顺眼的话,千万富翁也不嫁;看得中意,亿万富翁也嫁。"

"说来说去,你总想嫁有钱的。"

"也有例外的时候。"我叹了口气。

"如果跟我呢?"他很自然地问。

"那只要吃得饱的钱也算了。"

他思索了一下,又问:"你吃得多吗?"

我十分小心地回答:"不多,不多,以后还可以少吃点。"

就这几句对话,我就成了大胡子荷西的太太。

婚前,我们常常在荷西家前面的泥巴地广场打棒球,也常常去逛马德里的旧货市场,再不然冬夜里搬张街上的长椅子放在地下车的通风口上吹热风,下雪天打打雪仗,就这样把春花秋月都一个一个地送掉了。

一般情侣们的海誓山盟、轻怜蜜爱,我们一样都没经过就结了婚,回想起来竟然也不怎么遗憾。

前几天我对荷西说:"华副主编蔡先生要你临时客串一下,写一篇《我的另一半》,只此一次,下不为例。"

当时他头也不抬地说:"什么另一半?"

"你的另一半就是我啊!"我提醒他。

"我是一整片的。"他如此肯定地回答我,倒令我仔细地看了看说话的人。

"其实,我也没有另一半,我是完整的。"我心里不由得告诉自己。

我们虽然结了婚,但是我们都不承认有另一半,我是我,他是他,如果真要拿我们来劈,又成了四块,总不会是两块,所以想来想去,只有写《大胡子与我》来交卷,这样两个独立的个体总算拉上一点关系了。

要写大胡子在外的行径做人,我实在写不出什么特别的事来。这个世界上留胡子的成千上万,远看都差不多,叫"我"的人,也是多得数不清,所以我能写的,只是两人在家的一本流水账,并无新鲜之处。

在我们的家里,先生虽然自称没有男性的优越自尊等等坏习惯,太太也说她不参加女权运动,其实这都是谎话,有脑筋的人听了一定哈哈大笑。

荷西生长在一个重男轻女的传统家庭里,这么多年来,他的母亲和姐妹有意无意之间,总把他当儿皇帝,穿衣、铺床、吃饭自有女奴甘甘心心侍候。多少年来,他愚蠢的脑袋已被这些观念填得满满的了;再要洗他过来,已经相当辛苦,可惜的是,婚后我才发觉这个真相。

我本来亦不是一个温柔的女子,加上我多年前,看过胡适写的一篇文章,里面一再地提到"超于贤妻良母的人生观",我念了之后,深受影响,以后的日子,都往这个"超"字上去发展,结果弄了半天,还是结了婚,良母是不做,贤妻赖也赖不掉了。

就因为这两个人不是一半一半的,所以结婚之后,双方的棱棱角角,彼此都用沙子耐心地磨着,希望在不久的将来,能够磨出一个式样来,如果真有那么一天,两人在很小的家里晃来晃去时,就不会撞痛了彼此。

其实婚前和婚后的我们,在生活上并没有什么巨大的改变。荷西常常说,这个家,不像家,倒像一座男女混住的小型宿舍。我因此也反问他:"你喜欢回家来有一个如花似玉的女同学在等你,还是情愿有一个像《李伯大梦》里那好凶的老拿棍子打人的黄脸婆?"

大胡子,婚前交女友没有什么负担;婚后一样自由自在,吹吹口哨,吃吃饭,两肩不驼,双眼闪亮,受家累男人的悲戚眼神、缓慢步履,在此人身上怎么也找不出来。

他的太太,结婚以后,亦没有喜新厌旧改头换面做新装,经常洗换的,也仍然是牛仔裤三条,完全没主妇风采。

偶尔外出旅行,碰到西班牙保守又保守的乡镇客店,那辛苦麻烦就来了。

"请问有没有房间?"大胡子一件旧夹克,太太一顶叫化子呢帽,两人进了旅馆,总很客气地问那冰冷面孔的柜台。

"双人房,没有。"明明一大排钥匙挂着,偏偏狠狠地盯着我们,好似我们的行李装满了苹果,要开房大食禁果一般。

"我们结婚了,怎么?"

"身份证!"守柜台的老板一脸狡猾的冷笑。

"拿去。"

这人细细地翻来覆去地看,这才不情不愿地交了一把钥匙给我们。

我们慢慢上了楼,没想到那个老板娘不放心,瞪了一眼先生,又追出来大叫。

"等一下,要看户口名簿。"那个样子好似踩住了我们尾巴似的得意。

"什么,你们太过分了!"荷西暴跳起来。

"来,来,这里,请你看看。"我不情不愿地把早已存好的小本子,举在这老顽固的面前。

"不像,不像,原来你们真结婚了。"这才化开了笑容,慢慢地踱开去。

"奇怪,我们结不结婚,跟她有什么关系?你又不是她女儿,神经嘛!"荷西骂个不停。

我叹了口气,疲倦地把自己抛在床上,下一站又得多多少少再演一场类似的笑剧,谁叫我们"不像"。

"喂!什么样子才叫'像',我们下次来装。"我问他。

"我们本来就是夫妻嘛!装什么鬼!"

"可是大家都说不像。"我坚持。

"去借一个小孩子来抱着好了。"

"借来的更不像,反正就是不像,不像。"

谁叫我们不肯做那人的另一半,看来看去都是两个不像的人。

有一天,我看一本西班牙文杂志,恰好看到一篇报导,说美国有一个女作家,写了一本畅销书,名字我已记不得了,总之是说——"如何叫丈夫永远爱你"。

这个女作家在书中说:"永远要给你的丈夫有新奇感,在他下班之前,你不妨每天改一种打扮,今天扮阿拉伯女奴,明天扮海盗,大后天做一个长了翅膀的安琪儿,再大后天化成一个老巫婆……这样,先生下班了,才会带着满腔的喜悦,一路上兴奋地在想着,我亲爱的宝贝,不知今天是什么可爱的打扮——"

又说:"不要忘了,每天在他耳边轻轻地说几遍,我爱你——我爱你——我爱你——"

这篇介绍的文章里,还放了好几张这位婚姻成功的女作家,穿了一条格子裙,与丈夫热烈拥吻的照片。

我看完这篇东西,就把那本杂志丢了。

吃晚饭时,我对荷西说起这本书,又说:"这个女人大概神经不太正常,买她书的人,照着去做的太太们,也都是傻瓜。如果先生们有这么一个千变万化的太太,大概都吓得大逃亡了。下班回来谁受得了今天天使啦!明天海盗啦!后天又变个巫婆啦!……"

他低头吃饭,眼睛望着电视,我再问他:"你说呢?"

他如梦初醒,随口应着:"海盗!我比较喜欢海盗!"

"你根本不在听嘛!"我把筷子一摔,瞪着他,他根本看不见,眼睛又在电视上了。

我叹了口气,实在想把汤泼到他的脸上去,对待这种丈夫,就算整天说着"我爱你",换来的也不过是咦咦啊啊,婚姻不会更幸福,也不会更不幸福。

有时候,我也想把他抓住,噜噜苏苏骂他个过瘾。但是以前报上有个新闻,说一位先生,被太太喋喋不休得发了火,拿出针线来,硬把太太的嘴给缝了起来。我不希望大胡子也缝我的嘴,就只有叹气的份了。

其实夫妇之间,过了蜜月期,所交谈的话,也不过是鸡零狗碎的琐事,听不听都不会是世界末日;问题是,不听话的人,总是先生。

大胡子，是一个反抗心特重的人，如果太太叫他去东，他一定往西；请他穿红，他一定着绿。做了稀的，他要吃干的；做了甜的，他说还是咸的好。这样在家作对，是他很大的娱乐之一。

起初我看透了他的心理，有什么要求，就用相反的说法去激他，他不知不觉地中了计，遂了我的心愿。后来他又聪明了一点，看透了我的心理，从那时候起，无论我反反复复地讲，他的态度就是不合作，如同一个傻瓜一般的固执，还常常得意地冷笑："嘿！嘿！我赢了！"

"如果有一天你肯跟我想得一样，我就去买奖券，放鞭炮！"我瞪着他。

我可以确定，要是我们现在再结一次婚，法官问："荷西，你愿意娶三毛为妻吗？"他这个习惯性的"不"字，一定会溜出口来。结过婚的男人，很少会说"是"，大部分都说相反的话，或连话都不说。

荷西刚结婚的时候，好似小孩子扮家家酒，十分体谅妻子，情绪也很高昂，假日在家总是帮忙做事。可惜好景不常，不知什么时候开始，他背诵如教条的男性自尊又慢慢地苏醒了。

吃饭的时候，如果要加汤添饭，伸手往我面前一递，就好似太阳从东边出来一样地自然。走路经过一张报纸，他当然知道跨过去，不知道捡起来。有时我病了几天，硬撑着起床整理已经乱得不像样的家，他亦会体贴地说："叫你不要洗衣服，又去洗了，怎么不听话的。"

我回答他:"衣不洗,饭不煮,地不扫,实在过不下去了,才起来理的。"

"不理不可以吗?你在生病。"

"我不理谁理?"我渴望这人发条开动,做个"清扫机器人"有多可爱。

"咦,谁也不理啊!不整理,房子又不会垮!"

这时候我真想拿大花瓶打碎他的头,可是碎的花瓶也得我扫,头倒不一定打得中,所以也就算了。

怎么样的女人,除非真正把心横着长,要不然,家务还是缠身,一样也舍不得不管,真是奇怪的事情。这种心理实在是不可取,又争不出一个三长两短来。

我们结合的当初,不过是希望结伴同行,双方对彼此都没有过分的要求和占领。我选了荷西,并不是为了安全感,更不是为了怕单身一辈子,因为这两件事于我个人,都算不得太严重。

荷西要了我,亦不是要一个洗衣煮饭的女人,更不是要一朵解语花,外面的洗衣店、小饭馆,物美价廉,女孩子莺莺燕燕,总比家里那一个可人。这些费用,不会超过组织一个小家庭。

就如我上面所说,我们不过是想找个伴,一同走走这条人生的道路。既然是个伴,就应该时刻不离地胶在一起才名副其实。可惜这一点,我们又偏偏不很看重。

许多时候,我们彼此在小小的家里漫游着,做着个人的事情，转角碰着了，闪一下身，让过对方，那神情，就好似让了个影子似的漠然。更有多少夜晚，各自抱一本书，啃到天亮，各自哈哈对书大笑，或默默流下泪来，对方绝不会问一声："你是怎么了，疯了？"

有时候，我想出去散散步，说声"走了"，就出去了，过一会儿自会回来。有时候早晨醒了，荷西已经不见了，我亦不去瞎猜，吃饭了，他也自会回来的，饥饿的狼知道哪里有好吃的东西。

偶尔的孤独，在我个人来说，那是最最重视的。我心灵的全部从不对任何人开放，荷西可以进我心房里看看、坐坐，甚至占据一席；但是，我有我自己的角落，那是："我的，我一个人的。"结婚也不应该改变这一角，也没有必要非向另外一个人完完全全开放，任他随时随地跑进去捣乱，那是我所不愿的。

许多太太们对我说："你这样不管你先生是很危险的，一定要把他牢牢地握在手里。"她们说这话时，还做着可怕的手势，捏着拳头，好像那先生变成好小一个，就在里面扭来扭去挣扎着似的。

我回答她们："不自由，毋宁死，我倒不是怕他寻死。问题是，管犯人的，可能比做犯人的还要不自由，所以我不难为自己，嘿！嘿！"

自由是多么可贵的事，心灵的自由更是我们牢牢要把握住的；不然，有了爱情仍是不够的。

有的时候,荷西有时间,他约了邻居朋友,几个人在屋顶上敲敲补补,在汽车底下爬出爬进,大声地叫喊着。漆着房子,挖着墙,有事没事地把自己当做伟大的泥水匠或木匠,我听见他在新鲜的空气里稀里哗啦地乱唱着歌,就不免会想到,也许他是爱太太,可是他也爱朋友。一个男人与朋友相处的欢乐,即使在婚后,也不应该剥削掉他的。谁说一个丈夫只有跟妻子在一起时才可以快乐?

可惜的是,跟邻居太太们闲话家常,总使我无聊而不耐,尤其是她们东家长西家短起来,我就喝不下咖啡,觉得什么都像泥浆水。

大胡子不是一个罗曼蒂克的人,我几次拿出《语言行为》这本书来,再冷眼分析着他的坐相、站相、睡相,没有一点是我希望他所表现出来的样式,跟书上讲的爱侣完全不同。

有一次我突然问他:"如果有来世,你是不是还是娶我?"

他背着我干脆地说:"绝不!"

我又惊又气,顺手用力啪地打了他一掌,他背后中枪,也气了,跳翻身来与我抓着手对打。

"你这小瘪三,我有什么不好,说!"

本来期望他很爱怜地回答我:"希望生生世世做夫妻。"想不到竟然如此无情的一句话,实在是冷水浇头,令人控制不住,我顺手便又跳起来踢他。

"下辈子,就得活个全新的样子,我根本不相信来世。再说,真有下辈子,娶个一式一样的太太,不如不活也罢!"

我恨得气结,被他如此当面拒绝,实在下不了台。

"其实你跟我想的完完全全一样,就是不肯讲出来,对不对?"他盯着我看。

我哈的一下笑出来,拿被单蒙住脸,真是知妻莫若夫,我实在心里真跟他想的一模一样,只是不愿说出来。

既然两人来世不再结发,那么今生今世更要珍惜,以后就都是旁人家的了。

大胡子是个没有什么原则的人,他说他很清洁,他每天洗澡、刷牙、穿干净衣服。可是外出时,他就把脚搁在窗口,顺手把窗帘撩起来用力擦皮鞋。

我们住的附近没有公车,偶尔我们在洗车,看见邻居太太要进城去,跑来跟我们搭讪,我总会悄悄地蹲下去问荷西:"怎么样,开车送她去?起码送到公路上免得她走路。"

这种时候,荷西总是毫不客气地对那个邻居直截了当地说:"对不起,我不送,请你走路去搭车吧!"

"荷西,你太过分了。"那个人走了之后我羞愧地责备他。

"走路对健康有益,而且这是个多嘴婆,我讨厌她,就是不送。"

如果打定主意不送人倒也算了,可是万一有人病了、死了、手断了、腿跌了、太太生产了,半夜三更都会来打门,那时候的荷西,无论在梦里如何舒服,也是一跳就起床,把邻居送到医院去,不到天亮不回来。我们这一区住着的大半是老弱残病,洋房是很漂亮,亲人却一个也没有。老的北欧人来退休,年轻的太太们领着小孩子独自住着,先生们往往都在非洲上班,从不回来。

家中的巧克力糖,做样子的酒,大半是邻居送给荷西的礼物。这个奇怪的人,吼叫起来声音很吓人,其实心地再好不过,他自己有时候也叫自己纸老虎。

一起出门去买东西,他这也不肯要,那也不肯买,我起初以为他责任心重,又太客气,后来才发觉,他是宁为玉碎不为瓦全,情愿买一样贵的好的东西,也不肯要便宜货。我本想为这事生生气,后来把这种习惯转到他娶太太的事情上去想,倒觉得他是抬举了我,才把我这块好玉捡来了。挑东西都那么嫌东嫌西,娶太太他大概也花了不少心思吧!我到底是贵的,这一想,便眉开眼笑了。

夫妇之间,最怕的是彼此侵略,我们说了,谁也不是谁的另一半,所以界线分明。有时兴致来了,也越界打斗、争吵一番,吵完了倒还讲义气,英雄本色,不记仇,不报仇,打完算数,下次再见。平日也一样称兄道弟,绝对不会闹到警察那儿去不好看,在我们的家庭里,"警察"就是公婆,我最怕这两个人。在他们面前,绝对安分守己,坐有坐相,站有站相,不把自己尾巴露出来。

我写下了前面这些流水账,再回想这短短几年的婚姻生活,很想给自己归了类,把我们放进一些婚姻的模式里去比比看,跟哪一种比较相像。放来放去,觉得很羞愧,好的、传统的,我们都不是样子;坏的、贱的,也没那么差。如果说,"开放的婚姻"这个名词可以用在我们的生活里,那么我已是十分地满意了,没有什么再好的定义去追求了。

夫妇之间的事情,酸甜苦辣,混淆不清,也正是如人饮水,冷暖自知。这小小的天地里,也是一个满满的人生,我不会告诉你,在这片深不可测的湖水里,是不是如你表面所见的那么简单。想来你亦不会告诉我,你的那片湖水里又蕴藏着什么,各人的喜乐和哀愁,还是各人担当吧!

亲爱的婆婆大人

我先生荷西与我结婚的事件,虽然没有罗曼蒂克到私奔的地步,但是我们的婚礼是两个人走路去法院登记了一下,就算大功告成,双方家长都没有出席。

在我家庭这方面,因为我的父母对子女向来开明体谅,我对他们可以无话不谈,所以我的婚事是事先得到家庭认可,事后突然电报通知日期。这种作风虽然不孝失礼,但是父母爱女心切,眼见这个天涯浪女选得乘龙快婿,岂不悲喜交织,他们热烈地接纳了荷西。

我的父亲甚而对我一再叮咛,如基督教天父对世人所说一般——这是我的爱子(半子),你今后要听从他——

在荷西家庭方面,不知我的公婆运气为什么那么不好,四女一子的结婚,竟没有一次是先跟他们商量的。(还有两子一女未婚,也许还有希望。)

这些宝贝孩子里,有结婚前一日才宣布的(如荷西),有结过了婚才写信的（如在美国的大姐），更有，人在马德里父母面前好好坐着，同时正在南美哥伦比亚教堂悄悄授权越洋缺席成婚的（如二姐）。

这些兄弟姐妹，明明寻得如花美眷，圆满婚姻，偏偏事先都要对父母来这一手不很会心的幽默。在家毫无动静，在外姐妹八人守望相助，同心协力，十六手蔽天，瞒得老父老母昏头转向，要发威风，生米已成熟饭——迟也。

这也许是家教过分严格、保守、专制下才弄出来的悲喜闹剧。（看官不要以为只有中国传统文化才讲家教，西方世界怪现象也是一大堆的啊！）

好，自我结婚之后，身份证冠上夫家姓，所以我对自己娘家，就根本不去理会他们了。（假的。）

在我公婆这方面，我明知天高皇帝远，本来可以不去理会，但是为了代尽子责，每周一信，信中晨昏定省，生活起居饮食细细报告。但愿负荆请罪，得到公婆欢心，也算迟来的幸福。

大凡世上男人，在外表上看去，也许严肃凶狠，其实他们内心最是善良，胸襟宽大，意志薄弱。对待这种人，只需小施手腕，便可骗来真心诚意。

有其子必有其父也，我的公公很快地与我通起信来。爱我之情，一如爱荷西。

因为笔者本是女人，婆婆也是同性，我不但知己知彼，尚且知道举一而反三。看看自己如此小人，想想对方也不会高明到哪儿去，除非我算八卦算错了，也许出乎意料之外，算出一个观世音婆婆来（她是不是女的还不知道），或者又算出一个圣母马利亚婆婆来（这个是真的而且是处女）。那么，我一定是会得到恩惠慈爱的。

可惜，我的婆婆都不是以上这两种女人。

结婚半年过去了，我耐心写信，婆婆只字不回。我决不气馁，一心一意要盗婆婆的心，这还得一步一步慢慢来。（本人开篇便自承是江洋大盗①，不是什么很好的东西。）

各位媳妇读者，你的婚姻，如果是夏娃自作主张给亚当吃了禁果，诸如此类建立起来的，那么，你跟我的情形差不多，我劝告你对待你的婆婆，绝对不可大意。

如果，你还是夏娃，但是是由婆婆将你用肋骨做出来送给丈夫，那么你下文就不必再看下去，以免浪费宝贵的时间。

（但是，为了小心起见，《孔雀东南飞》的故事你还没有忘记，还是请你也耐性看看我的下文，也可做不飞的参考。）

话说，吃了禁果的两个人，自知理亏，将自己早早流放到世界的尽头去牧羊，过起夫妇生活来。

这种生活，忽而打架吵闹，忽而相亲相爱，平淡的日子，倒也打发掉了。

我在写回给娘家的信中，寄去披头散发照片，背书——乱发

---

① "江洋大盗"一说出自《江洋大盗》，原为《稻草人手记》（皇冠文化出版有限公司 1977 年版）的第一篇。

如芳草，更行更远更生——照片居所看似苍凉凄惨如下地狱，实在内心幸福无边如上天堂。

离远天皇老婆婆，任我在家胡作非为，呼风唤雨，得意放纵已忘形矣——

好，这时候，你不要忘了，古时候有位白先生讲过几句话——离离原上草，一岁一枯荣，野火烧不尽，春风吹又生——

冬天来了，你这一片碧绿芳草地的地主荷西老板突然说："耶诞节到了，我们要回家去看母亲。"

我一听此语，兴奋泪出，捉住发言人，急问："是哪一个母亲？你的还是我的？"

答："我们的。"（外交词令也，不高明。）

那时，你便知道，你的原上草"荣"已过了，现在要"枯"下去啦！（哭下去啦！）

你不必在十二月初发盲肠炎、疝气痛、胃出血、支气管炎，或闪了腰、断了腿这种苦肉计，本人都一一试过，等到十二月二十日，你照样会提了小箱子，被大丈夫背后抵住小刀子上飞机，壮士成仁去也——

我因生长在一个法律世家，自小耳濡目染，看尽社会一切犯罪行为。

加上亲生父母又是真正一流正人君子，常常告诫——在外做人处事，先要自重自省，要设身处地，为别人的环境心情着想，这样才能做好世界公民——（法律和解程序第一步总是这么说的。)

于是,我在婚后,常常反省自己,再检讨自己,细数个人做了葛家媳妇的种种罪状。

这一算,不得了,无论是民事、刑事,我全犯了不只是"告诉乃论"的滔天大罪。

举例来说,对婆婆而言,我犯了奸淫、抢劫、诈欺、侵占、拐逃、虐待、伤害、妨碍家庭等等等等不可饶恕的罪行。

这一自觉,先就英雄气短起来。

我告诉你,不要怕,坏事既然做透了,脸皮干脆就厚一点,心虚是你自己的秘密,可别给婆婆看出来。

好,你越想越明白,你突然发觉,你的婆婆一定恨你恨到心坎里去了。你不要怀疑自己可靠的想象力,不会错,她恨你,她是你的第一号"假想敌",你在这一路坐飞机飞去她家时,这个敌人的初步形象已经应该在脑海里创造出来了。

"假想敌"产生了,你不要太天真,此人可能是 CIA 中央情报局,而你把自己分到 FBI 联邦调查局,你可不能掉以轻心,以为好歹总是自己人,虽然都是个局,说不定也可能是场"骗局"或"赌局"哦。

到了马德里,下了飞机,虽然事先通知,自然不会有人来献花迎接罪犯。(那些穿了便衣,带了手铐的人不在等着你,已是大幸了,应该赶快去买一张奖券。)

在机场,我定说口渴,要先去咖啡馆坐坐,蘑菇了三杯汽水,还是不情不愿地上了计程车。(这汽水里怎么没有大肠菌,好给我来个急性肠炎去住医院不见客啊!)

终于,我双脚轻微发抖,站在婆婆美丽的公寓门外。放下箱子,我紧张地对荷西说:"按铃!按铃!说我来了。"

那做儿子的当然不会理你这一些疯话。他,拿出身上钥匙,自己开门进去。(浪子回头金不换啊!)

你的先生,大步走到长得没有尽头的走廊里去,口中叫着:"爸爸,妈妈,我们回来了。"

这时候,我胆子再大,也不敢跨越雷池一步,面带僵硬微笑,站立门外,倒数一分一秒,七——六——五——四——三——二——一……

突然,我见到走廊尽头,奔杀出大批人马来,公公一马当先,婆婆第二,小姑尖叫推挤,大哥二哥远远张开手臂。(都是大胡子。)

我知时辰已到,命也,运也,这才一横心,也快快飞奔而入,本想先投入公公怀里比较保险,不想被婆婆先捉来紧紧抱住,对我左看右看,眉开眼笑。

"假想敌"果然厉害,手段高明,要防,要防。

我们葛家新媳妇就此被拖进门。

"父亲,母亲,我做了很对不起你们的事,请原谅。"(注意,你要说——"我",不可说"我们",儿子是被拐逃,无罪也。)

如是中国婆婆,你要更厉害一点,进门就跪下双膝,叩头如捣蒜，不必担心，这不是程门立雪三百天叫你冻死，你婆婆如果是个道行很高的人，自会拉你起来的。

要称呼你的"假想敌"——"母亲"，对你一定是挣扎过来，才叫得出的，不要不甘心，你还有"妈妈"，那才是真的爱称。外交词令，不可疏忽。难道你要叫她——葛太太吗？（那你第一回合就败了，笨人也！）

我进入公婆家之后，东张西望，但见这个家，整整齐齐，明窗净几，浴室洁白，阳台花木扶疏，各间卧室床铺四棱八角，厨房刀叉雪亮，退休公公衣着清洁高雅，大哥二哥裤管笔挺，小姑亲切有礼。这些成绩，我都细细看在眼里，悄悄算在婆婆账上，"假想敌"的武林道行又升一级。深深呼吸，预备以羽量级之身，打重量级之战。（婆婆是你的敌人，要卧薪尝胆，不可忘，不可忘！）

好，在你自己家，或你"妈妈"家，你可以睡到十三点不起床，你可以煮白水拌酱油喂先生，你可以一星期不洗一次衣服，你也可以抓先生的头发，踢他的小腿，乱开他的支票簿，等等等等坏事放心去做，不会有报应。

现在，你是不巧被迫住进敌人的家里。（她与你有仇，她不告诉你，你也要坚定自己的假设，再小心去求证。）

害人是自己先害的，防人当然可不要太大意，处处都是陷阱机关哪。

你的"假想敌"如果是个笨蛋，你才进门，她就丢你一个大花瓶，将你打得头破血流，那是正中下怀，你马上可以夺门逃走——君子报仇三年不晚——但是原罪在你，你有良心，就不必去验伤告她——那你的见识可也低得不够看啦！

反过来说，我的"假想敌"就是不同，她高来高去，不骂你也不打你，这就更可怕。我看看，她过的桥，也比我走过的路还多出一大半。我要细细回想——《孙子兵法》《三国演义》《水浒传》《红楼梦》《西游记》……这等好书都可替你出主意，《孝女经》《朱子家训》也有反效果，必要时也要翻翻。对待婆婆之道，书里比比都是先例。

我在婆婆家住了几日，从来不肯忘掉，我面对的是一个恨死你的人，你的想象力不能松弛下来，要牢牢记住。（本人是有心机的，嘿嘿！）

在婆婆家做客，你不要做一个不设防的城市，你虽是客人，却也不要忘了，你也是媳妇。

早晨你听见婆婆起床上浴室了，你马上也得爬起来，穿衣、打扮、漱洗之后，不等敌人抢到抹布、扫把，你就先下手为强，抢夺过来。家中清洁工作，你要做得尽善尽美。（不可给敌人捉到小辫子！）

好，在婆家，对公婆姐妹我自知友爱，但是对荷西，往往原形毕露。我独自在浴室时，常常轻轻告诫自己——你不要骂荷西，他现在是她的，你骂他，她会打你——这是小孩子也明白的道理，不是秘密。

好，也许你听我说，不要在婆婆面前骂先生，许会挨打。你听得太真切，就会想，好，那么我甜甜蜜蜜地对待她儿子，我原来也是爱他的啊！这样假想敌也许可以和解了。

你是这个时代的产物，你所谓的甜蜜，我请问你要用什么方式表现出来？你有没有想过，你很自然地赖在先生身边看电视，对你婆婆看来，可能已经伤了风化。

再问，你看过你婆婆坐在公公膝盖上吃蛋糕吗？一定没有吧？

所以，我在婆婆面前，绝对也不去坐在荷西膝盖上，也不去靠他当椅垫，更绝对不可以亲他，这是死罪。

你甚至电视也不要看，下午电视长片来了，你正好在厨房里面对着大批油腻碗盘锅筷、刀叉茶杯，这是最好不过。

万一你在厨房里磨了半天出来，公公睡午觉，小姑子、哥哥们都出去了，婆婆正跟她爱子在电视室里说着话。你讪讪地走进去，轻轻地坐下来，婆婆没有望你一眼，你再悄悄地坐到先生一旁去，想加入谈话，但是先生好似突然有点厌你，很轻微地躲闪了一下，如果你敏感，你才会知道，原来你得了麻风病啦！

这时候，你的脑筋就不要乱动气，让你心爱的先生做夹心饼干是很令他受苦的。你应该走开去，心再坏，有时也要公平讲理。（偶尔为之，不会太伤元气的。）

你既然没人说话，你就要注意，也许你清晨七点起床，追踪敌人，打扫，铺床，买菜，厨房洗切，开饭，上菜，再洗了大批锅盘，也许你做惯了娘家的二小姐，你也会累，会想学公公去睡个午觉，但是敌人张着眼，你闭着眼，岂不太危险？我劝你不要贪小失大，你还是去后阳台，收下干了的衣服，找出烫衣台来，在厨房把美丽小姑子的牛仔裤给她熨熨平，她念书之外尚交男朋友，不要再加重她的工作。

"假想敌"是你最危险的敌人，她对你婚姻的结局是悲是喜，有着重大的掌握权。（天下有不爱母亲的儿子吗？）

她，有"恋子情结"，你丈夫（我丈夫也一样），有"恋母情结"，这是天地间自然运行的道理之一。如果你硬是不肯明白，要"人定胜天"，那么请你去问问心理学家弗洛依德大师，后果如何地不堪设想。我虽然也练过一点催眠小术，但是治这个病，可还没有段数。

也许烫完了衣服，已是万家灯火的傍晚了，你久住沙漠，或许也喜欢投入车水马龙的红男绿女中凑凑热闹，看看闪亮的霓虹灯，再尝尝做文明人的苦乐。

你可以试试看，问一句——"可以跟荷西出去走走吗？"

如果婆婆说——"上午不是已经出去过了，怎么又要跑？"

请你就不必板下脸来顶嘴——"上午是跟你去买菜，不算。"

你更不能发神经病，不得允许就穿了大衣逃出去夜游不归。

尊重敌人，尽量减少冲突，是自己不跌倒的第一要素。毕竟你还是个羽量级的稻草人哪。

耶诞节终于来了，前三天，婆婆会算一算聚餐人数有多少，公，婆，五女三子，四婿，一媳，两阿姨，叔叔，婶婶，堂兄堂妹，大哥外国女友，小妹法文老师，十四个尖叫踢打翻滚全来的外孙儿女……

一共是三十七个全家福。

——耶诞大菜今年轮到新人做，我们要吃糖醋肉，要炒杂碎，要酱爆鸡——

家庭大会全体兴高采烈举手通过。我心扑通扑通快跳出口腔来，看了一眼荷西，他埋头在侦探小说里好似耳朵塞住，眼睛也瞎了。

这时候，你方才知道，在鸡叫之前，你亲爱的丈夫，要像耶稣的门徒彼得一样，三次不认主。

二十三日，你清早起床，提了三个大菜篮和一个小拖车要去采买一营人吃的东西。

你伸头去看婆婆，她正跪在地上清理大批待用餐具。你转身去找小姑子，她一向是早晨会男朋友下午上学的，自然一根头发也看她不到。

你轻轻去房间内，假装换长靴，抬头看了一眼你亲爱的丈夫。（还在床上蜷着。）

——你来帮忙提菜篮好吗？

恰好婆婆走进来，你的丈夫此时又换名"彼得"了，他大声回答——你自己去，男人不进菜场——（彼得第二次不认主。）

你不要恨他，在他母亲面前，他如何能替你做奴隶？

你独自大步走往菜场的路上去,双手无法照习惯插在口袋里,走路又被这些空篮子撞来撞去不方便。但是,我对你说,你就算这么狼狈,你的头还是要抬得高高的,胸挺得直直的,这样,一种热热咸咸的液体才会倒流进肚子里去,不会弄坏了你涂得漂亮的大眼睛。

所以,事实上看来,也许你是输了,但是这盘赌局还没完,不到结果,是看不出谁是赢家的,你不要先泄了气。至要,至要!

二十四日耶诞夜来了,清早起床,婆婆已去做头发,公公照例散步,妹妹会男友,大哥去滑雪,二哥不知何处去,荷西去找老同学,家中空空荡荡。

另外大批英雄好汉,要夜间才拖儿带女回来全家同福。

你想,咦,大好机会,此时不溜更待何时,我去百货公司给自己买件新衣服虚荣风光一番。

不要跑,你忘了,你是今夜的中流砥柱,三十七人的耶诞大菜,要你用两个大平底锅弄出来。你乐得哈哈大笑,天下哪有如此好的机会,对你的假想敌显显威风,你不是弱者,你不比她能力低,这正好借机,杀婆婆锐气,增自己威风,此时不进攻,更待何时?

你不要想,自己臂力不够,切不了这小山也似的肉;你也不要撑不住四个月前才断掉过又接起来的腿踝。你要这样用大智慧告诉自己——肉体的软弱是一时的,精神的胜利是永久的——

再打个比方你听,你的体力也许已是——无边落木萧萧下,但是你的意志却是——不尽长江滚滚来啊。

你如果还是要反复烦人地问自己——我为什么,我这是为了什么——那么,你这稻草人可真就是空心草包了。

为什么?为了你自己。(我不要吃那么多肉。)我再告诉你,你做这些,吃是一个人吃不了的,但是好处在后头。

人不为己,天诛地灭。你的耶诞节不过一年一次,回到沙漠自己家,你又可得回一个完全不同,更加敬重爱护你的好丈夫,你这个生意,是稳赚不赔的啊!(你回想《红楼梦》,到头来是谁嫁了贾宝玉?你可不要再学林小姐,她可爱至情,到头来是死路一条啊!)

平安夜,圣善夜。大菜终于上桌了,一道又一道,三十六个人,吃得团团圆圆幸福无边。你这新鲜人,当然被忘掉。那还不好么,假想敌头一次不紧迫盯人,你也不必步步追踪,正好松下心情来,酱油白糖大蒜乱洒一番,岂不回复到一点"自己家中"胡作非为的好时光。

等到前厅开香槟了,你才挤进人群里,擦擦油垢的手,就着荷西杯子大喝一口,他自然也不会察觉你在身边。(不要急,圣经上说,"彼得"三次不认主,鸡叫之后,他良心发现,出去掩面痛哭,当时耶稣只慈爱地看了他一眼,没有破口大骂他。所以,你也不要骂,荷西也自会出去痛哭。不是不报,时辰未到也。)

好公公，东张西望，捉来墙角新媳妇，拥抱亲吻，当众高呼——厨娘万岁，万岁，万万岁——

你不要得意忘形，也跟着万起岁来。婆婆辛苦一生，公公没有赞过她一句，今日赞你，是有人性，也是手腕。你最好急流勇退，收下大批盘碗，再去厨房将自己消失。不要也跟着去疯了在客厅跳舞，婆婆也在清理桌子椅子，也累了，你更要有始有终，功劳苦劳不能此时给她抢去。（你不要忘了，你这等白羊星座下出生的女子，就是掠夺成性的。）

对付重量级的假想敌，你的方法只能以柔克刚，不要用鸡蛋去碰石头。

平安夜啊！给我平安地睡一觉啊！稻草人的干草已经累得一扎一扎地散开啦！

你闭着眼睛，在冰冷的洗碗水里数着一只一只绵羊。

可爱可怀念的沙漠啊！我多么地想快快回去。

曲终人快散了，我再擦擦手，出来与成了家的几个姐姐们告别。

"你们一定要来看看我们的新游泳池，荷西说明天可以一起跟爸爸妈妈来。"三姐夫开口了。（冬天看你游泳池？）

"明天？我——我跟几个朋友约了见一面，她们过去是跟我同租房子住的，我要去看看她们。"我急着反对。

"不行，不行，你难道自己姐姐家一次都不肯去？你那些什么约会打电话去回掉。"二姐也来插嘴了。

"好了,不要再噜苏了,我们来排,四个姐姐,两个阿姨,叔叔婶婶每家都各分一天,我们要学做中国菜。"

"我——荷西,我们不是二十六号就要回沙漠?"

"哈!这个,你老哥已经早替你们做好圈套了,荷西重感冒,医生证明在此,嘿嘿,你们可以逍遥到明年一月六号。"

你知道叔嫂授受不亲,你落水,他是不会救你的。你急回头找荷西,"眼睛"尖叫——救命——

可怕的双重人格,"彼得"又不肯望你了。(鸡已快叫了,你已不认主三次了,你怎么还不出去痛哭,彼得啊!彼得啊!)

假想敌笑眯眯地望着你,你不要代彼得出去痛哭,你也笑容满面地回报她。

谈谈打打,打累了,打不过了,你马上来个"和谈",不要再用头去撞墙。

这个大家庭的马厩里,一共分别养了十一匹各色现代好马,但是以后的"家庭访问"你还是跟了荷西,在地下车、地上车里像都市之鼠似的钻出钻进,更每天抢同胞餐馆的生意,今天二姐家外烩,明日婶婶家自助餐,《嫒珊食谱》都快翻烂了。

你也许在冰天雪地的夜间,回到假想敌的家来,看看自己突然粗糙起来的双手,会恨不得用它来掐死你的先生,你扑过去预备行凶(那时卧室的门你可别忘记了要锁好),但是你的荷西行动比你更快,沉喝——你做什么?你疯了?

"我是疯了,我自从进了你的家,我失去了自己,我也失去了你。我有的只是一大群假想出来的敌人，我打来打去，我累也要累疯了——"

"她们那么爱你，爱得我出乎意料之外，你还要不满意。你看，他们天天吃你做的浆糊，一句都不抱怨，你现在还来恩将仇报，你这个没有良心的女人。"

好，你不必再做疯女十八年状，你熄灯，吃一粒"烦宁"，开好闹钟，盖好你这几根枯草，睡觉吧，梦里自有流泪谷让你飘浮地一路回沙漠。

（彼得，彼得，不要忘了，你日后是倒钉十字架惨死的。）

假想敌，在耶诞节后不久，才上街去买了一份礼物给你。你不会输她的，她的大床上早已铺好了你带去给她的彩色沙漠大床罩。（嘿嘿，你还是先下手为强的。）

这份圣物，是一本厚厚的《西班牙春夏秋冬各季时菜大全》。

你的外国礼节不可忘，当面打开之后，马上赞赏惊叹啧啧感动称谢，你的敌人会笑眯眯地说："上来亲吻母亲道谢。"

你不要犹豫，上去重重地亲她面颊。（好在你是不涂口红，不会留下血印。）

"西方菜也要学着做，荷西瘦得很，要给他按时吃自己本国风土的菜。"（本国风土对我们而言，是骆驼肉。）

新年过去了，将来的美丽的星期天正是六号。你不要太天真，还没有完全出笼之前，不要乱拍翅膀出声音，假想敌不老也不聋。

眼看假想敌一日一日悲伤起来，我恨不得化做隐身人，不要让她看到我，免得这拐逃案又得再翻出来算账。

她的幺儿本来是可以不必那么早就飞出老巢的，是我这只海鸥乔纳森将他拐逃到另外一个一百世纪时光之外的地方去，伤尽了老鸟的心。

原罪在我，我怎么能怪她要恨我呢？

夜深人静，我悄悄地起床，打开皮包来，数数私房钱，还有一万多块。

第二日清晨起床，你看见婆婆正将牛肉从冰箱里拿出来解冻，预备中午吃。

我上去从背后抱住婆婆的腰，对她说："母亲，我们回家来，你辛苦了太久，为什么今天不让你儿子带你出去吃海鲜，父亲、哥哥们、妹妹，我们全家都出去吃，你喜欢吗？"

你说这些话，绝不能虚情假意，假想敌是何等精细人物，你的声调表情骗得过她吗？

所以，我来教你一个方法，你根本不必装模作样来体谅她，你不是有丰富的想象力吗？你此时不用你的天才，更待何时？你将眼睛一闭，心一横，"想象"婆婆就是你久别的"妈妈"，你集中精神去幻想，由外而内；你会发觉，你的心，马上会软，会爱她，会说真心话。至于一直占据你心房的"真妈妈"，你要暂时将她关在另外一个心房里，不许她跑出来。

假想敌，你用这种小魔术，就可将她罩住了。

婆婆公公家境不算太富，但是南部安塔露西亚还是也种了几棵橄榄树。他们不是穷人，可是生性持俭，很少外出吃饭，偶尔能被儿子请出上馆子，亦是满心欢喜地答应下来了。

这一家，小姑、小弟、二哥自去餐厅相聚，我们两对夫妇，荷西挽母亲，媳妇挽公公，倒也是一幅天伦亲子美满图。

婆婆风度高贵，公公绅士派头，荷西英俊迫人，只有媳妇，大聚餐三十六人吃罢之后，面色一直死灰，久久不能回复玫瑰花般美丽的面颊。

龙虾、大蟹、明虾、蛤蜊、鲑鱼，随大家乱吃，这里不是华西街，这里是马德里热闹大街上最著名的海鲜店啊！

你的劣根性又发，虚荣心又起，细细默想，你在沙漠梦寐以求的一些新衣服，现在都已经放在桌上了，这些人正在吃你的衣服，一个扣子，一条拉链，一块红布，一只袖子，现在又在吃皮带了——

你不要心痛，不要着急，你是天下第一人，难道算术还不及小学生吗？

你来算算，你的好丈夫，婆婆怀胎九月，给他血肉生命，二十多年来，无论念书、识字、上少年法庭、生病、穿衣、吃饭、上街、理发，辛辛苦苦扶养长大，她花了多少私房钱？公公卖了多少担橄榄？

你再看一眼荷西，如此好青年，你付这一桌海鲜钱，就可得来，这个生意做得是赔还是赚？

你再将心一横，又回想自己亲生父母如何将你捧在手中，掌上明珠也似的养出来，你一想再想，别人父母岂不是一样心血对待他们的心肝宝贝？

这一来，你热泪几几乎夺眶而出，不能反哺自己亲生父母，那么明虾夹几个给荷西父母盘子，岂不一样回报？（不公平也，不能再想下去，再想又不夹了。）

但愿荷西明白妻心，如果这样开导他，我们以身各殉双方父母，都是不够而又不够啊！（天下只有男的殉女的，女的殉男的。殉父母的孝子，还得打了灯笼去四处乱找。别找了，找不到的。）

要走了，整理行李。小姑在旁依依不舍，你以手足之情，幻想她是亲生妹妹，漂亮衣服分不分给她？分。

小女孩，情窦初开，公婆家规极严，没有几件体面衣服，她只好常常换男朋友来代替换衣服。

这不只是手足情深，这是为将来留下后步。说不定有那么一天，三毛星殒西天，留下未来小侄儿女，还得向这漂亮妹妹托孤，好给荷西再寻幸福。这一步，要事先安排好的，不可临时抱佛脚。

离别的时刻终于到了，你心跳又到一百五十下。公公豁达，照常风雨无阻地去散步，不再送别。

婆婆面部表情冰冻如大雪山。我，这罪犯，以待罪之心进葛家门，再以待罪之心出葛家门，矛盾、心虚、悔恨，不敢抬头，蹲下穿靴子，姿势如同对假想敌下跪。

小姑冒雨下楼叫车。(有车的都上班去了,无人送也。)

等小姑奔上楼来大叫——快,车来了——

我紧张得真想冲出门外,以免敌人感情激动,突然凶性爆发来对付我。

这婆婆,一听车来了,再也忍不住,果然拼了老命箭也似的撞过来,我立定不动,预备迎接狂风暴雨似的耳光打上来。(我是左脸给你打,右脸再给你打,我打定主意决不回手,回手还算英雄吗?)

我闭上眼睛,咬住牙齿,等待敌人进攻。哪知这敌人将我一把紧紧抱在怀里,呜咽泪出,发抖地说:"儿啊!你可得快快回来啊!沙漠太苦了,这儿有你的家。妈妈以前误会你,现在是爱你的了。"(看官仔细,这敌人这才用了"妈妈"自称,没有用"母亲"。)

假想敌被我弄哭了,我自始至终只有防她,没有攻她,她为什么要哭呢?

小姑及荷西上来扳开婆婆的手臂,叫着:"妈妈不要捣蛋,下面车子等不及了,快快放手。"

我这才从婆婆怀里挣扎出来。

这一次,我头也仰得高高的,腰也撑得直直的,奇怪的是,没有什么东西倒流入肚。

秋天的气候之外,居然有一片温暖的杏花春雨,漫漫地浸湿了我的面颊。

我们再回过来看看上文那位白先生说的话（他还没说完哪）。三毛回过婆婆家，他又替婆婆讲了——

——远芳侵古道，晴翠接荒城；又送王孙去，萋萋满别情——

我终于杀死了我的假想敌。

我亲爱的维纳斯婆婆，在号角声里渐渐地诞生了。

这样的人生

我搬到北非加纳利群岛住时，就下定了决心，这一次的安家，可不能像沙漠里那样，跟邻居的关系混得过分密切，以至于失去了个人的安宁。

在这个繁华的岛上，我们选了很久，才选了离城快二十多里路的海边社区住下来。虽说加纳利群岛是西班牙在海外的一个省份，但是有一部分在此住家的，都是北欧人和德国人。我们的新家，坐落在一个面向着大海的小山坡上，一百多户白色连着小花园的平房，错错落落地点缀了这个海湾。

荷西从第一天听我跟瑞典房东讲德国话时，就有那么一点不自在；后来我们去这社区的办公室登记水电的申请时，我又跟那个丹麦老先生说英文，荷西更是不乐；等到房东送来一个芬兰老木匠来修车房的门时，我们干脆连中文也混进去讲，反正大家都不懂。

"真是笑话，这些人住在我们西班牙的土地上，居然敢不学西班牙文,骄傲得够了。"荷西的民族意识跑出来了。

"荷西,他们都是退休的老人了,再学另一国的话是不容易的,你将就一点,做做哑巴算了。"

"真是比沙漠还糟,我好像住在外国一样。"

"要讲西班牙文,你可以跟我在家里讲,我每天噜苏得还不够你听吗?"

荷西住定下来了,每天都去海里潜水,我看他没人说话又被外国人包围了,心情上十分落寞。

等到我们去离家七里路外的小镇邮局租信箱时,这才碰见了西班牙同胞。

"原来你们住在那个海边。唉!真叫人不痛快,那么多外国人住在那里,我们邮差信都不肯去送。"

邮局的职员看我们填的地址,就摇着头叹了一口气。

"那个地方,环境是再美不过了,偏偏像是黄头发人的殖民地,他们还问我为什么不讲英文,奇怪,我住在自己的国家里,为什么要讲旁人的话。"荷西又来了。

"你们怎么处理海湾一百多家人的信?"我笑着问邮局。

"那还不简单,每天抱一大堆去,丢在社区办公室,绝对不去一家一家送,他们要信,自己去办公室找。"

"你们这样欺负外国人是不对的。"我大声说。

"你放心,就算你不租信箱,有你的信,我们包送到家。你先生是同胞,是同胞我们就送。"

我听了哈哈大笑，世上就有那么讨厌外国人的民族，偏偏他们赚的是游客生意。

"你们讨厌外国人，西班牙就要饿死。"

"游客来玩玩就走，当然欢迎之至。但是像你们住的地方，他们外国人来了，自成一区，长住着不肯走，这就讨厌透了。"

荷西住在这个社区一个月，我们申请的新工作都没有着落，他又回到对面的沙漠去做原来的事情。那时撒哈拉的局势已经非常混乱了，我因此一个人住了下来，没有跟他回去。

"三毛，起初一定是不惯的，等我有假了马上回来看你。"

荷西走的时候一再地叮咛我生活上的事情。

"我有自己的世界要忙，不会太寂寞的。"

"你不跟邻居来往？"

"我一向不跟邻居来往的，在沙漠也是人家来找我，我很少去串门子的。现在跟这些外国人，我更不会去理他们了。"

"真不理？"

"不理，每天一个人也够忙的了。"

我打定主意跟这些高邻鸡犬相闻，老死不相往来。

我之后来在两个月之内，认识了那么多的邻居，实在不算我的过错。

荷西不在的日子，我每天早晨总是开了车去小镇上开信箱、领钱、寄信、买菜、看医生，做这些零碎的事情。

我的运气总不很好,每当我的车缓缓地开出那条通公路的小径时,总有邻居在步行着下坡也要去镇上办事。

我的空车停下来载人是以下几种情形:遇见年高的人我一定停车,提了东西在走路的人我也停车,小孩子上学我顺便带他们到学校,天雨我停车,出大太阳我也停车。总之,我的车很少有不满的时候,当然,我载客的对象总是同一个社区里住着的人。

我一向听人说,大凡天下老人,都是噜苏悲伤自哀自怜,每日动也不动,一开口就是寂寞无聊的一批人。所以,我除了开车时停车载这些高年人去镇上办事之外,就硬是不多说太多的话,也决不跟他们讲我住在哪一幢房子里,免得又落下如同沙漠邻居似的陷阱里去。

荷西有假回来了,我们就过着平淡亲密的家居生活。他走了,我一个人种花理家,见到邻居了,会说话也不肯多说,只道早午安。

"你这种隐士生活过得如何?"荷西问我。

"自在极了。"

"不跟人来往?"

"哎啊!想想看,跟这些七老八十的人做朋友有什么意思。本人是势利鬼,不受益的朋友绝对不收。"

所以我坚持我的想法,不交朋友。都是老废物嘛,要他们做什么,中国人说敬老敬老,我完全明白这个道理,给他们来个敬而远之。

所以，我常常坐在窗口看着大海上飘过的船。荷西不回来，我只跟小镇上的人说说话；邻居，绝对不理。

有那么一天中午，我坐在窗前的地毯上向着海发呆，身上包了一块旧毛巾，抽着线算算今天看过的船有几只。

窗下面我看见过不知多少次的瑞典清道夫又推着他的小垃圾车来了，这个老人胡子晒得焦黄，打赤膊，穿一条短裤，光脚，眼光看人时很锐利，身子老是弯着。他最大的嗜好就是扫这个社区的街道。

我问过办公室的卡司先生，这清道夫可是他们请来的？他们说："他退休了，受不了北欧的寒冷，搬到这里来长住。他说免费打扫街道，我们当然不会阻止他。"

这个老疯子说多疯就有多疯，他清早推了车出来，就从第一条街扫起，扫到我这条街，已经是中午了。他怎么个扫法呢？他用一把小扫子，把地上的灰先收起来，再用一块抹布把地用力来回擦，他擦过的街道，可以用舌头舔。

那天他在我窗外扫地，风吹落的白花，这老人一朵一朵拾起来。海风又大吹了一阵，花又落下了，他又拾；风又吹，他又拾。这样弄了快二十分钟，我实在忍不住了，光脚跑下石阶，干脆把我那棵树用力乱摇，落了一地的花，这才也蹲下去一声不响地帮这疯子拾花。

等我们捡到头都快碰到一起了，我才抬起头来对他嘻嘻地笑起来。

"您满意了吧？"我用德文问他。

这老头子这才站直了身子，像一个希腊神祇似的严肃地盯着我。

"要不要去喝一杯茶？"我问他。

他点点头，跟我上来了。我给他弄了茶，坐在他对面。

"你会说德文？"他好半晌才说话。

"您干吗天天扫地？扫得我快疯了，每天都在看着您哪。"

他嘴角居然露出一丝微笑，他说："扫地，是扫不疯的，不扫地才叫人不舒服。"

"干吗还用抹布擦？您不怕麻烦？"

"我告诉你，小孩子，这个社区总得有人扫街道，西班牙政府不派人来扫，我就天天扫。"

他喝了茶，站起来，又回到大太阳下去扫地。

"我觉得您很笨。"我站在窗口对他大叫，他不理。

"您为什么不收钱？"我又问他，他仍不理。

一个星期之后，这个老疯子的身旁多了一个小疯子，只要中午看见他来了，我就高兴地跑下去，帮他把我们这半条街都扫过。只是老疯子有意思，一板一眼认真扫，小疯子只管摇邻居的树，先把叶子给摇下来，老人来了自会细细拾起来收走，这个美丽的社区清洁得不能穿鞋子踩。

我第一次觉得，这个老人可有意思得紧，他跟我心里的老人有很大的出入。

又有一天,我在小镇上买菜,买好了菜要开车回来,才发觉我上一条街的德国老夫妇也提了菜出来。

我轻轻按了一下喇叭,请他们上车一同回家,不必去等公共汽车,他们千谢万谢地上来了。

等到了家门口,他们下车了,我看他们那么老了,心里不知怎的发了神经病,不留神,就说了:"我住在下面一条街,十八号,就在你们阳台下面,万一有什么事,我有车,可以来叫我。"

说完我又后悔了,赶快又加了一句:"当然,我的意思是说,很紧急的事,可以来叫我。"

"嘻嘻!你的意思是说,如果我心脏病发了,就去叫你,是不是?"

我就是这个意思,但给这精明的老家伙猜对了我的不礼貌的同情,实在令我羞愧了一大阵。

过了一个星期,这一对老夫妇果然在一个黄昏来了,我开门看见是他们,马上一紧张,说:"我这就去车房开车出来,请等一下。"

"嗯,女孩子,你开车干什么?"老家伙又盯着问。

"我哪里知道做什么。"我也大声回答他。

"我们是来找你去散步的。人有脚,不肯走路做什么。"

"你们要去哪里散步?"我心里想,这两个老家伙,加起来不怕有一百八十岁了,拖拖拉拉去散步,我可不想一起去。

"沿着海湾走去看落日。"老婆婆亲切地说。

"好,我去一次,可是我走得很快的哦!"我说着就关上了门跟他们一起下山坡到海边去。

三个小时以后,我跛着脚回来,颈子上围着老太太的手帕,身上穿着老家伙的毛衣,累得一到家,坐在石阶上动都不会动。

"年轻人,要常常走路,不要老坐在车子里。走这一趟就累得这个样子,将来老了怎么是好。"老家伙大有胜利者的意味,我抓头瞪了他一眼,一句都不能顶他。世上的老人五花八门,我慢慢地喜欢他们起来了。

当然,我仍是个势利极了的人,不受益的朋友我不收,但这批老废物可也很给我受益。

我在后院里种了一点红萝卜,每星期荷西回来了就去拔,看看长了多少,那一片萝卜老也不长,拔出来只是细细的线。

有一日我又一个人蹲在那里拔一个样品出来看看长了没长,因为太专心了,短墙上突然传来的大笑声把我吓得跌坐在地上。

"每天拔是不行的,都快拔光啦!"

我的右邻手里拿着一把大油漆刷子,站在扶梯上望着我。

"这些菜不肯长。"我对他说。

"你看我的花园。"他说这话时我真羞死了。这也是一个老头子,他的院子里一片花红柳绿,美不胜收,我的园子里连草也不肯长一根。

我马上回房内去抱出一本园艺的书来,放在墙上,对他说:"我完全照书上说的在做,但什么都不肯长。"

"啊!看书是不行的,我过来替你医。"他爬过梯子,跳下墙来。

两个月后,起码老头子替我种的洋海棠都长得欣欣向荣。

"您没有退休以前是花匠吗?"我好奇地问他。

"我一辈子是钱匠,在银行里数别人的钱。退休了,我内人身体不好,我们就搬到这个岛来住。"

"我从来没有见过您的太太。"

"她,去年冬天死了。"他转过头去看着大海。

"对不起。"我轻轻地蹲着挖泥巴,不去看他。

"您老是在油漆房子,不累吗?"

"不累,等我哪一年也死了,我跟太太再搬来住,那时候可是我看得见你,你看不见我们了。"

"您是说灵魂吗?"

"你怕?"

"我不怕,我希望您显出来给我看一次。"

他哈哈大笑起来,我看他失去了老伴,还能过得这么地有活力,令我几乎反感起来。

"您不想您的太太?"我刺他一句。

"孩子,人都是要走这条路的,我当然怀念她,可是上帝不叫我走,我就要尽力欢喜地活下去,不能过分自弃,影响到孩子们的心情。"

"您的孩子不管您？"

"他们各有各的事情，我，一个人住着，反而不觉得自己是废物，为什么要他们来照顾。"

说完，他提了油漆桶又去刷他的墙了。

养儿何须防老，这样豁达的人生观，在我的眼里，是大智慧大勇气的表现。我比较了一下，我觉得，我看过的中国老人和美国老人比较悲观，欧洲的老人很不相同，起码我的邻居们是不一样的。

我后来认识了艾力克，也是因为他退休了，常常替邻居做零工，忙得半死也不收一毛钱。有一天我要修车房的门，去找芬兰木匠，他不在家，别人就告诉我去找艾力克。

艾力克已经七十四岁了，但是他每天拖了工具东家做西家修，怎也老不起来。

等他修完了车房门之后，他对我说："今天晚上我们有一个音乐会，你想不想来？"

"在谁家？什么音乐会？"

"都是民歌，有瑞典的、丹麦的、德国的，你来听，我很欢喜你来。"

那天晚上，在艾力克宽大的天台上，一群老人抱着自己的乐器兴高采烈地来了，我坐在栏杆上等他们开场。

他们的乐器有笛子，有小提琴，有手风琴，有口琴，有拍掌的节奏，有幽扬的口哨声，还有老太太宽宏的歌声尽情放怀地唱着。

艾力克在拉小提琴，一个老人顽皮地走到我面前来一鞠躬，我跳下栏杆跟他跳起圆舞曲来。我从来没有跟这么优雅的上一代跳过舞，想不到他们是这样地吸引我；他们丰盛的对生命的热爱，对短促人生的把握，着实令我感动。那个晚上，月亮照在大海上，衬着眼前的情景，令我不由得想到死的问题。生命是这样的美丽，上帝为什么要把我们一个一个收回去？我但愿永远活下去，永远不要离开这个世界。

等我下一次再去找艾力克时，是因为我要锯一截海边拾来的飘流木。

开门的是安妮，一个已经七十岁了的寡妇。

"三毛，我们有好消息告诉你，正想这几天去找你。"

"什么事那么高兴？"我笑吟吟地打量着穿游泳衣的安妮。

"艾力克与我上个月开始同居了。"

我大吃一惊，欢喜得将她抱起来打了半个转。

"太好了，恭喜恭喜！"

伸头去窗内看，艾力克正在拉琴。他没有停，只对我点了点头，我跑进房内去。

"艾力克，我看你那天晚上就老请安妮跳舞，原来是这样的结果啊！"

安妮马上去厨房做咖啡给我们喝。

喝咖啡时,安妮幸福地忙碌着,艾力克倒是有点沉默,好似不敢抬头一样。

"三毛,你在乎不结婚同居的人吗?"安妮突然问我。

"那完全不是我的事,你们要怎么做,别人没有权力说一个字。"

"那么你是赞成的?"

"我喜欢看见幸福的人,不管他们结不结婚。"

"我们不结婚,因为结了婚我前夫的养老金我就不能领,艾力克的那一份只够他一个人活。"

"你不必对我解释,安妮,我不是老派的人。"

等到艾力克去找锯子给我时,我在客厅书架上看放着的相片,现在不但放有艾力克全家的照片,也加进了安妮全家的照片。艾力克前妻的照片仍然放在老地方,没有取掉。

"我们都有过去,我们一样怀念着过去的那一半。只是,人要活下去,要再寻幸福,这并不是否定了过去的爱情……"

"你要说的是,人的每一个过程都不该空白地过掉,我觉得你的做法是十分自然的。安妮,这不必多解释,我难道连这一点也不了解吗?"

借了锯子我去海边锯木头,正是黄昏,天空一片艳丽的红霞。我在那儿工作到天快黑了,才拖了锯下的木头回家。我将锯子放在艾力克的木栅内时,安妮正在厨房高声唱着歌,七十岁的人了,歌声还是听得出爱情的欢乐。

  我慢慢地走回家,算算日期,荷西还要再四天才能回来。我独自住在这个老年人的社区里,本以为会感染他们的寂寞和悲凉,没有想到,人生的尽头,也可以再有春天,再有希望,再有信心。我想,这是他们对生命执著的热爱,对生活真切的有智慧的安排,才创造出了奇迹般灿烂的晚年。

  我还是一个没有肯定自己的人,我的下半生要如何度过,这一群当初被我视为老废物的家伙们,真给我上了一课在任何教室也学不到的功课。

士为知己者死

我的先生荷西有一个情同手足的朋友,名叫做米盖。这个朋友跟荷西兴趣十分投合,做的工作也相同,服兵役时又分派在一个单位,可以说是荷西的另一个兄弟。

三年前荷西与我到撒哈拉去居住时,我们替米盖也申请到了一个差事,请他一同来沙漠唱唱情歌。

当时荷西与我有家了,安定了下来,而米盖住在单身宿舍里。周末假日,他自然会老远地回家来,在我们客厅打地铺,睡上两天,大吃几顿,才再去上班。

这样沙漠苦乐兼有的日子过了很久,我们慢慢地添了不少东西,也存了一点点钱。而米盖没有家累的单身生活,却用得比我们舒服。他花钱没有计划,借钱给朋友一出手就是一大笔;高兴时买下一大堆音响设备,不高兴时就去买张机票回西班牙故乡去看女朋友。日子倒也过得逍遥自在,是一个快乐的单身汉。

我常常对米盖说,快快成家吧。因为他故乡青梅竹马的贝蒂已经等了他十多年了。

当时米盖坚持不肯结婚的理由只有一个，他不愿意他最爱的人来沙漠过苦日子。

他总是说，等有一天，他有了像样的家，有了相当的积蓄，有了身价，才能再接贝蒂来做他的妻子。

米盖所讲的一个好丈夫的必备条件，固然是出于他对贝蒂的爱护。但是在我看来，娶一个太太，并不是请一个观音菩萨来家里日夜供奉的。所以，我认为他的等待都失于过分周全而又不必的。

等到撒哈拉被瓜分掉，我独自搬到沙漠对面大西洋的小岛上来居住时，荷西周末总是坐飞机来看我。米盖，自然也会一同来，分享我们家庭的温暖。

米盖每次来加纳利岛，总会赶着上街去买很多贵重的礼物，交给我寄去他千里外故乡的女友，有时也会托我寄钱去给他守寡的母亲。

这是一个个性奔放、不拘小节、花钱如水的朋友。米盖的薪水，很可以维持一个普通的家庭生活，但是他自由得如闲云野鹤，结婚的事情就这样遥遥无期地拖下来。

有一日我收到米盖女友写给我的一封长信，在她不很通顺的文笔之下，有心人一样可以明白她与米盖长年分离的苦痛和无奈。一个这样纯情女子的来信，深深地感动了我，很希望帮助米盖和她，早早建立他们的家庭。

米盖下一次跟荷西再回家来时,我就替贝蒂向他苦苦地求婚。我给他看贝蒂的来信,他看了信眼圈都湿了,仰头躺在沙发上不响。

"我太爱她了,不能给她好日子过,我怎么对得起她。"

"你以为她这几年在故乡苦苦等你,她的日子会好过?"

"我没有钱结婚。"

"哈!"荷西听见他这么说大叫了一声。

"世界上有些笨女人就是不要钱的。像三毛,我没花钱她就跑去沙漠嫁我了。"

我笑嘻嘻地望着米盖,很鼓励地对他说:"贝蒂也会是个好妻子,你不要怕,结婚不会是一件严重的事情。"

那时烤鸡的香味充满了整幢房子,桌上插着野花,录音机在播放优美的音乐。米盖面前,坐着两个幸福的人,真是一幅美满温暖的图画。

米盖被我们感动了,他拿出那个月的薪水来交给我去银行存起来,又请荷西捉刀,写了一封恭恭敬敬的信给他的准岳父,再打长途电话去叫贝蒂预备婚礼。而同一天,我已经替他在我们这沿海的社区找到了一幢美丽的小房子先租了下来。

米盖过了二十天左右,终于再从沙漠来我们家,住了一天,荷西替他恶补了一下新婚的常识,才壮志从容地上了飞机回西班牙去娶太太了。

"不要担心,你们结婚后,打电报来告诉我你们的班机,荷西不在，我可以去接你们。"我对米盖说。

最高兴的人还是荷西，他很喜欢米盖也有了一个像我们这样的家。更何况他们的家并不建立在艰苦的沙漠里。在一开始上，贝蒂就方便多了。

天下的夫妇，虽然每一对都不相同，但是只有两件事情是婚后必须面临的：第一件是赚钱，第二件是吃饭。

照理说，男的大部分是被派出去赚钱，而女的留在家里煮饭。

米盖结婚之后，自然也不例外。他努力去沙漠赚钱，假日一定飞回家来陪着贝蒂，跟我的先生一样的模范。

我们因为将米盖一向视为荷西的手足，过去米盖不知在我们家吃过多少次饭，所以贝蒂与米盖结婚了快三个月后，我们忍不住去讨旧债，一定要贝蒂做饭请我们吃。

米盖平日有一个绰号，叫做"教父"。因为他讲义气，认朋友，满腔热血，是识货的，他都卖。米盖的太太请客，虽是我们去吵出来的结果，但是荷西对米盖有信心，想必米盖会山珍海味地请我们大吃一场，所以前一日就不肯多吃饭，一心一意要去大闹天宫。

那个星期日的早晨，荷西当然拒绝吃饭，连牛奶也不肯喝一滴，熬到中午十二点半，拖了我就往米盖家去叫门。

叫了半天门，贝蒂才慢慢地伸出头来，满头都是发卷，对我们说:"可不可以先回去,我刚刚起床。"

我们不以为意,又走回家去。一路上荷西吓得头都缩了起来,他问我:"卷头发时候的女人,怎么那么可怕。还好你不弄这一套,可怜的米盖,半夜醒来岂不吓死。"

在家里看完了电视新闻,我们再去等吃的,这一次芝麻开门了。

米盖并没有出来迎接我们。我们伸头去找,他在铺床,手里抱了一条换下来的床单,脚下夹着一支扫把,身上还是一件睡衣。看见了我们,很抱歉地说:"请坐,我这就好了。"

荷西又跑去厨房叫贝蒂:"嫂嫂,你兄弟饿疯了,快给吃的啊!"

里面静悄悄的没有声音。

我跑去厨房里想帮忙,看见厨房里空空如也,只有一锅汤在熬,贝蒂埋头在切马铃薯。

我轻轻地打开冰箱来看,里面有四片肉,数来数去正好一人一片,我也不敢再问了。

等到三点钟,我们喝完了细面似的清汤,贝蒂才捧出了炸马铃薯和那四片肉来。

我们很客气地吃完了那顿饭,还没有起身,米盖已经飞快地收拾了盘子,消失在厨房里。不久,厨房里传来了洗碗的水声。

我回想到米盖过去几年来,在我们家吃完了饭,跟荷西两个把盘子一推就下桌的样子;再看看他现在的神情,我心里不知怎的产生了一丝怅然。

"米盖结婚以后，安定多了，现在我一定要他存钱，我们要为将来着想。"贝蒂很坚决地在诉说她的计划。她实在是一个忠心的妻子，她说的话都没有错，但是在我听来，总觉得我对米盖有说不出的怜悯和淡淡的不平。

等我们要走了时，米盖才出来送我们，口里很难堪地说了一句："下次再来吃，贝蒂今天身体不好，弄少了菜。"

我赶快把他的话打断了，约贝蒂第二日去买东西，不要米盖再说下去。

在回家的路上，荷西紧紧地拉住我，轻轻地对我说："谢谢你，太太！"

"谢我做什么？"

"因为你不但喂饱你的先生，你也没有忘记喂饱他的朋友。"

其实，贝蒂喂不饱我的先生荷西是一点关系也没有的，因为她不是他的太太。我更不在乎我做客有没有吃饱，只是告别时米盖欲言又止的难堪表情，在我心里反复地淡不下去。

世界上每一个人生下来，自小都养成了一句不可能不用的句子，就是"我的"这两个字。人，不但有占有性，更要对外肯定自己拥有的东西。于是，"我的"爸爸，"我的"妈妈，"我的"弟弟，"我的"朋友……都产生了。

这种情形，在一个女人结婚之后，她这个"我的丈夫"是万万不会忘记加上去的。所以，丈夫在婚纸上签上了名，就成了一笔女人的财产。

对于荷西，我非常明白他的个性，他是个有着强烈叛逆性的热血男儿，用来对待他唯一的方法，就是放他去做一个自由的丈夫。

他出门，我给他口袋里塞足钱；他带朋友回家来，我哪怕是在沙漠居住时，也尽力做出好菜来招待客人；他夜游不归，回来我只字不提；他万一良心发现了，要洗一次碗，我就马上跪下去替他擦皮鞋。

因为我私心里也要荷西成为"我的"丈夫，所以我完完全全顺着他的心理去做人行事。又因为荷西是一个凡事必然反抗的人，我一放他如野马似的出去奔狂，他反而中了圈套，老做相反的事情。我越给他自由，他越不肯自由，日子久了，他成了"我的好丈夫"，而他内心还以为"叛妻"之计成功。我们各自暗笑，得其所哉，而幸福家庭的根基，就因此打得十分稳健了。

我很想把这种柔道似的"驯夫术"传授给米盖的太太贝蒂，但是吃过她那一顿冰冷的中饭之后，我的热情也给冻了起来。

米盖的结婚，是我代贝蒂苦苦求的婚，现在看见他威风已失，满面惶惑，赔尽小心的样子，我知道这个"教父"已经大江东去，再也不能回头了，我的内心，对他有说不出的抱歉。

日子很快地过去，沙漠那边的战事如火如荼，米盖与荷西的公司仍然没有解散，而职员的去留，公司由个人自己决定。

"你怎么说?你难道要他失业?"贝蒂问我。

"我不说什么,荷西如果辞了工作回来,别处再去找也一样的。"

"我们米盖再危险也得去,我们没有积蓄,只要不打死,再危险也要去上工的。"

我看了她一眼,不说话。没有积蓄难道比生命的丧失还要可怕吗?

等荷西辞了工回来,我们真的成了无业游民。我们每日没有事做,总在海边捉着鱼,过着神仙似悠闲的日子。

只有米盖,在近乎百分之八十的西班牙同事都辞工的情形下,他还是风尘仆仆地奔波在沙漠和工作之间。而那时候,游击队已经用迫击炮在打沙漠的磷矿工地了。

贝蒂每一次看见我们捉了大鱼,总要讨很多回去。我因为吃鱼已经吃怕了,所以乐得送给别人。

过去我们去超级市场买菜,总会在贝蒂的家门口停一停,接了她一起去买菜。等到荷西失业老是在打鱼时,贝蒂的冰箱装满了鱼,而她也借口没时间,不再上市场了。

每一次米盖从烽火乱飞的沙漠休假回家来,他总是坐在一盘鱼的前面,而且总是最简单的烤鱼。

"我们米盖,最爱吃我做的鱼。"贝蒂满意地笑着,用手爱抚地摸着她丈夫的头发。米盖靠在她的身边,脸上荡漾着一片模糊而又伤感的幸福。

"我的米盖"成了贝蒂的口头语，她是那么地爱护他，努力存积着他赚回来的每一分钱。她梦想着将来有很多孩子，住在一幢豪华的公寓里；她甚而对她理想中卧室的壁纸颜色，都一次又一次地提出来跟米盖谈个不休。她的话越来越多，越说越觉得有理，而荷西和米盖都成了默然不语的哑子，只有我有一声没一声地应付着她。

她，开始发胖了，身上老是一件半旧的洋装，头发总也舍不得放下发卷，最后看电影去时，她只拿头巾把发卷也包在里面。她已忘了，卷头发是为了放下来时好看，而不是把粉红的卷子像水果似的老长在她头上。

那个星期日的夜间，米盖第二日又得回到沙漠去上工。他的神情沮丧极了，他提出来跟贝蒂说了，他不想再去，但是这不是他自己可以左右的事情。所以他再不愿，也苦笑着一次一次地回到沙漠去。

"这样吧！明天我们清早来送你去机场，可以不必叫计程车了。"荷西对米盖说。

第二日清晨，贝蒂穿了睡袍出来送米盖，米盖抱住她亲了又亲，一再地嘱咐着她："宝贝，我很快就回来了，你不要担心我。"

我看贝蒂穿着睡衣，知道她不去机场，于是我也不想跟去了。

米盖依依不舍地上了车，等到车门关上了，贝蒂才惊叫了一声往车子跑去，她上去把米盖拖下车来，手就去掏他的口袋。

"荷西送你去，你的计程车钱可以交出来了。"她把米盖口袋里的两张钞票拿出来，那恰好是一趟计程车的钱。

"可是贝蒂，我不能没有一毛钱就这样上飞机。我要在那边七天，你不能一点钱也不给我。"

"你宿舍有吃有住，要用什么钱？"贝蒂开始凶了。

"可是，宝贝……有时候我可能想喝一瓶汽水。"

"不要说了，没有就是没有。"

荷西在一旁听得要暴跳起来，他把米盖拉上车，一句话都不说就加足油门开走了。我靠在木栅门边看着这一幕喜剧，却一点也笑不出来。

"你看，一个男人，就是要我们来疼，现在我们存了快二十万了，如果我不这么严，还有将来的计划吗？"

我想贝蒂这样地爱着米盖，她的出发点也许是对的，但我打心眼里不同意她。懒得说话，就走回家去了。

我总是有点重男轻女，我老是在同情米盖。

岛上的杏花开了，这是我们离开沙漠后的第一个春天，荷西与我约了米盖夫妇一起去踏青。

当我们满山遍野去奔跑的时候，贝蒂就把两只手抱住米盖，娇小的身体整个吊在米盖的身上。

夫妻之间走路的方式各有不同，亲密些亦是双双俪影，我走不动路时也常常会叫荷西背我。但是在原来就已经崎岖的山路上，给这甜蜜的包袱贝蒂那么一来，弄得我们行动困难极了。荷西一气先跑上山，一转弯，就此不见了。

动手生火煮饭时，我四处去拾枯树枝，她还是抱着她的米盖不放。

"荷西去哪里了？你怎么不管他？"

"他爱去哪里就去哪里，肚子饿了会找来的。"

"先生不能像你放羊似的给放开了，像对米盖，我就不离开他。"说完她又仰头去亲了一下先生。

等荷西来一起吃完了用树枝烧出来的饭，我蹲在一旁把泥土拨在柴上弄熄了火，贝蒂收拾了盘子。这一转身，荷西跟米盖已经逃之夭夭了。我慢慢地在捡一种野生的草药，贝蒂等着米盖回来，已经焦急不快起来。

我采草药越采越远，等到天下起大雨来，我才飞快地抱了一大把草往车子里冲，那时荷西与米盖也不知从哪里冒出来了，手里抱了一大怀的野白花。

荷西看见了我，拿起花就往我脸上压过来，我拿了草药跟他对打得哈哈大笑。再一回头，贝蒂铁青着脸坐在车里面，米盖带给她的花被她丢在脚下，米盖急得都快哭了似的趴在她的侧面，轻轻地在求饶："宝贝，我不过是跑开了一下，不是冷落你了，你不要生气。"

我们给贝蒂的脸色真的吓住了,也不敢再吵,乖乖地上了车。一路回来,空气紧张得要冻住了。我知道,以贝蒂这样的性格,米盖离开她一分钟,她都会想到爱不爱的事情上去,这种不能肯定丈夫情感的太太,其实在她自己亦是乏味的吧!

浮士德将他的影子卖给了别人。当那天米盖小心翼翼地扶着贝蒂下车时,我细细地看着地上,地上果然只有贝蒂的影子,而米盖的那一边,什么都看不见。

一个做太太的,先拿了丈夫的心,再拿他的薪水,控制他的胃,再将他的脚绑上一条细细的长线放在她视力所及的地方走走;她以爱心做理由,像蜘蛛一样地织好了一张甜蜜的网,她要丈夫在她的网里面唯命是从;她的家也就是她的城堡,而城堡对外面的那座吊桥,却再也不肯放下来了。

现在的米盖还是幸福地活在贝蒂的怀里。我们偶尔会看见他,贝蒂已经大腹便便了,他们常常在散步。米盖看见荷西时,头一低,一句话都没有,只听贝蒂代他说话。

我亲眼见到一个飞扬自由年轻的心,在婚后短短的时间里,变成一个老气横秋,凡事怕错,低声下气,而口袋里羞涩得拿不出一分钱来的好丈夫。

上个月我们开车要回马德里去看公婆,在出发坐船回西班牙之前,我们绕过米盖的家门,我们问米盖:"你们复活节回不回故乡去?"

米盖说:"路费太贵了,贝蒂说不必去了。"

"要不要我们路过你家乡时,去看看你的母亲和妹妹?"

"不必去了,我这边信也很少写。"

"要不要送点钱去给你母亲?"我悄悄地问他,眼睛一直望着房门。

"也不用了,她,大概还好。"米盖的声音里有一种近乎苦涩的冷淡。

车开时,贝蒂也出来了,她靠在米盖身边笑眯眯地向我们挥着手。

"那个米盖,唉!天哦!"荷西长叹一声。

"哪个米盖?"

"三毛,你怎么了?"

"米盖没有了,在他娶贝蒂的那一天开始,他已经死了。"

"那么那边站的男人是谁?"

"他不叫米盖,他现在叫贝蒂的丈夫。"

警告逃妻

荷西的太太三毛,有一日在她丈夫去打鱼的时候,突然思念着久别了的家人,于是她自作主张地收拾了行李,想回家去拜见父母。同时,预备强迫给她的丈夫一个意想不到的惊喜和假期。

等她开始大逃亡时,她的丈夫才如梦初醒似的开车追了出去。

那时三毛去意已坚,拎着小包袱,不肯回头。荷西泪洒机场,而三毛摸摸他的胡子,微微一笑,飘然上了大铁鸟,飞回千山万水外的故乡来。

对付这样的一个妻子,荷西当然羞于登报警告。以他的个性,亦不必再去追究。放她逃之夭夭,对做丈夫的来说亦未尝不是一件乐事。

但是反过来一想,家中碗盘堆积如山,被单枕头无人洗换,平日三毛唠叨不胜其烦,今日人去楼空,灯火不兴,死寂一片,又觉怅然若失。

左思右想，三毛这个人物，有了固然麻烦甚多，缺了却好似老觉得自己少了一块肋骨，走路坐卧都不是滋味，说不出有多难过。

在三毛进入父母家中不到两日，荷西贴着花花绿绿邮票的信已经轻轻地埋伏在她家信箱里。

"咦，警告逃妻的信那么快就来了！"三毛在家刚拿到信就想撕开；再一看，信封上写的是妈妈名字，原来警告书还是发给监护人岳母的哪。

"孩儿写信来了，请大人过目。"双手奉上交给妈妈。

妈妈笑眯眯地接过信来，说："好孩子。"

"他这信我如何看法？是横是直？"又问。

"是横，拿来给译。"三毛接过信来大声诵读。

亲爱的岳母大人：

三毛逃回你们身边去了，我事先实在不知道她会有如此疯狂的举动。我十分舍不得她，追去机场时，她抱住机门不肯下来。我知道你们是爱她的，可是这个小女人无论到了哪里，别人都会被吵得不能安宁，我情愿自己守着她，也不肯岳父母因为她的返家而吃苦。请原谅我，三毛的逃亡，是我没有守好她。今日她在家中，想来正胡闹得一塌糊涂，请包容她一点，等下星期我再写信骗她回到我身边来，也好减轻你们的辛劳。

三毛走时，别的东西都没有带走，她划玻璃用的钻石丢在抽屉里，只带走了她每日服用的药片和几盒针药。妈妈想来知道，三毛这半年来闹得不像话，不但开车跟别人去撞，还一直喜欢住医院开刀，从那时候起，医生就请她天天吃药，三毛吃得麻烦透了，一直吵着要吃一点饭，我不给她吃，也是为了她的健康！

谢天谢地，她走了我细细一查，总算该吃的药都包走了。请母亲明白，她带了药，并不一定会吃，如果她吃了，又会不改她的坏习惯，一口气将三日份的药一次服下去，我真怕她这么乱来，请妈妈看牢她。

近年来三毛得了很重的健忘症，也请妈妈常常告诉她，我叫荷西，是你的半子，是她的丈夫，请每天她洗完澡要睡时，就提醒她三次，这样我才好骗她回来。

谢谢妈妈，千言万句不能表达我对你的抱歉，希望三毛不要给你们太多麻烦。我原以为我还可以忍受她几年，不想她自己逃亡了，请多包涵这个管不住的妻子，请接受我的感激。

你们的儿子　荷西上

三毛一口气译完了信，静静地将信折起来，口里说着："来骗！来骗！看你骗得回我。"

此时她的母亲却慈爱地看了她一眼，对她说："不要发健忘症，他是荷西，是你的丈夫，住一阵就回去呢！"

"那得看他如何骗回逃妻了。"抿嘴笑笑,顺手抓了一把药片到口里去嚼。

以后荷西警告逃妻的信源源不绝地流入三毛父亲家的信箱里,想将这只脱线的风筝收回非洲去。

三毛:

　　对于你此次的大逃亡,我难过极了。知道你要飞三天才能抵达台北,我日日夜夜不能安睡,天天听着广播,怕有飞机失事的消息传来。你以前曾经对我说,我每次单独去沙漠上班时,你等我上了飞机,总要听一天的广播,没有坏消息才能去睡。当时我觉得你莫名其妙,现在换了你在飞机上,我才明白了这种疼痛和牵挂。

　　我很想叫你回到我身边来,但是你下决心回家一次也很久了,我不能太自私,请你在台湾尽情地说你自己的语言,尽量享受家庭的温暖。我们婚后所缺乏的东西,想来你在台湾可以得到补偿,请小住一阵就回到我的身边来,我从今天起就等待你。

荷西

三毛:

　　你的信最快要九天才能寄到非洲(如果你写了的话)。今天是你走了的第二天,我想你还在瑞士等飞机,我十分想念你。你走了以后我还没有吃过东西,邻居路德送来一块蛋糕,是昨天晚上,我到现在还没有吃,要等你平安抵达的信来了才能下咽。

你回去看到父母兄弟姐姐们,就可以回来了,不要逗留太久,快快回来啊!

荷西

三毛:

这是你每天该服的药名和时间,我现在做了一张表,请按着表去服用。你一向健忘,收到这信,请你再麻烦妈妈,每日要她提醒你看看这份备忘录。红色的符号是你打针的日子,针药你只带去一个月的,我希望你第二个月已经回非洲来了。如果不回来,我马上去找医生开方再寄上给你。

今天是你走的第三日,想来已经到家了。我其实也很喜欢跟你一起回去,只是你不跟我商量,自己跑掉了,留下我在此吃苦。请问候父母亲大人,不要在家麻烦他们太久,快快回来啊!

荷西

三毛:

今天收到父亲由台北打来的电报,说你平安抵达了,我非常欣慰。确定你的确是在台北,我才放心了。我一直怕你中途在印度下机,自个儿转去喀什米尔放羊,谢谢你没有做出那样的事情来。我现在很饿,要去煮饭了。谢谢你的父母亲这样地明白我,给我发电报,请替我感谢他们。

荷西

三毛:

今天终于收到你的来信了,我喜得在信箱里给邮差留下了二十五块钱的小账。打开信来一看,你写得潦草不堪,还夹了很多中文字,这令我十分苦恼,我不知找谁去译信。

今天卡尔从他花园里跨到我们家来,他用力拍着我的臂膀对我说:"恭喜你,你自由了,这太太终于解决掉了,女人是一种十分麻烦的动物。"

我听见卡尔这样讲,真恨不得打碎他的脸。这个人单身汉做惯了,哪里明白我的福气。我今天买了两打鸡蛋,学你用白水煮煮,但是不及你做出来的好吃。

我十分想念你,没有你的日子,安静极了,也寂寞不堪,快回来吧!

荷西

三毛:

你实在是一个难弄的人,你说我写的信都是骗你回非洲的手段,这真是冤枉了我。我早知道对待你这样的人甜言蜜语是没有用的,但是我写的只是我心里想说的话,没有不诚实的地方，也不是假话，请不要多心。我想请你回来也是为了给父母好休息一阵，当然我也极想念你，请度假满四十天就回来吧，不要这样拒绝我。

今天我又捉到一只金丝雀，我们现在一共有三只了。家里来了一只小老鼠，我天天喂它乳酪吃。日子漫长得好似永远没有你再回来的信息。我今天打扫了全家的房子，花园里的草也拔了。

现在每餐改吃荷包蛋了。

来信啊！

荷西

三毛：

今天邻居加里在海边死了，他跛着去海边是昨天中午的事情，今天我发现他死在岩石上。现在要去叫警察找瑞士领事馆的领事，马上把他的家封起来。

三毛，世界上的事情多么不能预料啊！你上个月还在跟老加里跳舞，他现在却静静地死了。我今天十分的悲伤，整日呆呆的不知做什么才好，后日加里下葬我们都会去。

快回来吧！我希望把有生之年的时间都静静地跟你分享。短短的人生，我们不要再分开了啊！快快回来啊！我想念你！

荷西

三毛：

　　你说人老了是会死的，这是自然的现象，要我接受这个事实，不要悲哀。但是我还是请你快快回来，因为在你那方面，每日与父母兄弟在一起，日子当然过得飞快。在非洲只有我一个人，每日想念着你；拿个比方来说，在你现在的情形，时光于你是"天上一日"，于我却是——"世上千年"啊，我马上要老了。

　　你问我说你回非洲来对我有什么好处，我实在说不上来，但是我诚意地请你回来。我不知道怎么表达我对你的感情，相信你是明白我的，决定了回来的日期吗？

荷西

三毛：

　　许久没有你的来信了，我天天在苦等着。可能你正在横贯公路上旅行，但是旅行的地方也应该可以寄张明信片来啊！

　　没有你的消息真令人坐立不安。

　　我整夜无法入睡。

荷西

三毛：

　　你八成是玩疯了，还是又发了健忘症，不然是哪里邮局在罢工,为什么那么久没有你的消息?你要叫我急死吗?我想念你!

荷西

三毛:

昨天打电话给你是打直接叫人的长途电话,结果你不在家,我算算时差,已经是台湾时间十一点半了,你仍不在,我只有挂掉了。三毛,许多日子没有你丝毫音讯,是发生了什么事吗?我昨天彻夜不能睡。

快来信啊!

荷西

三毛:

你鬼画符一样的短条子是什么意思?

"台湾很好"是什么意思?

你想再住下去吗?

你忘了这里有你的丈夫吗?

你要我怎么求你?你以前种的花都开了,又都谢了,你还没有回来的消息。

荷西

荷西来了数十封警告逃妻快回家的信。三毛置之不理。游山玩水，不亦乐乎。将非洲放在心里，却不怎么去理会那块地方，当然更不想很快回去。荷西是百分之百的好丈夫，不会演出叛舰喋血的事件，这一点三毛十分的放心，因此也不去注意他了。

三毛：

你走了不知道有多久了，昨天卡尔来劝我出去走走，我跟他一起进城去。卡尔在城里有很多朋友，都是十分可亲的女孩子们，我们喝了一点啤酒，看了一场表演才回来，那时已是夜深了。

单身汉的日子其实也没有什么不好，尤其夜间回家无人噜苏，真是奇特的经验。

卡尔说他一辈子不结婚，我现在才明白了一点点道理。

许久没有你的来信了，想来在金门。我祝你假期愉快。

荷西

三毛：

想不到这一次你的信那么快就来了，跟卡尔去喝酒又不是什么了不得的事，何况我只喝了一小瓶。

北欧女孩们是亲切和气的，你不是以前也夸她们吗？

谢谢你的来信！真是意外极了。

荷西

三毛：

　　我告诉你一个好消息，邻居卡洛那天在油漆屋子，我过去帮忙她，现在她自动要教我英文，我已经开始去学，我非常喜欢英文。卡洛有时候也留我吃饭，你知道，一个人吃饭是十分乏味的。卡洛是你走后搬来的英国女孩。

　　你如果仍想在台湾住一阵，我原则上是同意的，我还可以忍耐几个月。

　　昨天去打网球，天热起来了。

荷西

三毛：

　　你实在是误会我了，卡洛肯教我英文是完全善意的，我们不能恩将仇报；你说卡洛是坏女人，我觉得完全是没有根据的冤枉。她十分和善，菜也做得可口，不是坏女人。

　　再说，你怎么知道我跟卡洛去打网球？我上次没有说啊！

　　我在此很好，你慢慢回来吧！

荷西

三毛：

　　加里死了以后，他以前的房子现在要出租，房东答应租给我们，比我们现在的家大，只多付一千块钱，所以我明天搬家了。

不要担心我不会做家事，现在卡洛在帮着挂窗帘，你不必急着回来。

最近你的来信很多，是怎么回事？

荷西

三毛：

你实在是个没有良心的小女人，你写给卡洛的信我没有拆就转给她了。她说你在信上将她骂得狗血淋头，她十二分地委屈。你说你的新家不要她来做窗帘，可是她是诚心诚意地在帮助我，一如她布置自己的家一般热心，你怎么可以如此小家气？

男女之间当然有友谊存在。你说卡洛是邻家的女儿，每一张《花花公子》里的裸体照片的美女，都像邻家的女儿，所以我不可再见卡洛，你的推论十分荒谬。

昨日去山顶餐厅吃晚饭，十分享受。

你呢？在做什么？

荷西

三毛：

你一次写十封信来未免太过分也太浪费你父亲的邮票了，我不知道你在吵闹什么，我这儿十分平静地在过日子。

新家布置得差不多了，只是花草还要买来种，卡洛说种一排仙人掌在窗口可以防小偷，我看中了一些爬藤的植物，现在还没有决定。如果花店买不到，我们可能会去山上挖些花草，同时去露营。

荷西

三毛：

你说要打碎卡洛的头，令我大吃一惊，她是一个极聪明的女孩子，你不能打她的头。再说，你为什么不感激一个代你照顾丈夫的人？

我们上山不过是去找野花草回来种。不要大惊小怪。

你说加里是你的朋友，现在我住在他的房子里，他的鬼魂会帮忙你看守着我。这真是怪谈又一章，我没有做对不起你的事，更奇怪的是，何必想出鬼魂来吓我。

卡洛根本不怕鬼，她叫我告诉你。

你好吗？

荷西

三毛：

我并没有注意到我在上封信里将卡洛和我讲成——"我们"，我想你是太多心了，所以看得比较清楚，这也不是什么大不了的死罪，我无需做任何解释。

你最近来信很多，令我有点不耐烦。你在做什么我全然不知，但我在做什么都细细向你报告，这是不公平的。

我很好。你好吗？

荷西

三毛：

你如果不想写信，我是可以谅解的，下星期我出发去岛的北端度假一周，你就是来信，我也不会收到。

天气热了，是游泳的好日子。卡洛说台湾有好些个海水浴场，我想她是书上看到的，我们在此过得很好，你也去游泳了吗？

荷西

三毛：

我旅行回来，就看到你的电报，你突然决定飞回来，令我惊喜交织。为什么以前苦苦地哀求你，你都不理不睬，而现在又情愿跑回来了？

无论如何我是太高兴了，几乎要狂叫起来。这几十天来，每天吃鸡蛋已经快吃疯了，你又没有什么同情心，对我的情况置之不理。我当然知道，要一个逃亡的妻子回到家里来不是件简单的事；更何况你逃亡的动机不是生气出走，而是回家去游玩，这就更无回头的希望了，因为台湾听说很好玩。

我在你出走时就想用爱心来感动你,也许你会流着泪回到我的怀里来,再做我唠叨的妻子。但是我用的方法错误,你几乎把我忘了,更不看重我的信。

那天卡尔来看我,他对我说,你们中国的孔夫子说过,这世界上凡是小人和女人都是难养的,你对他们好,他们会瞧不起你,你疏远他们,他们又会怨个不停。

我听见卡尔这样说,再细想,你果然就是孔夫子说的那种人,所以我假造出邻居卡洛的故事来,无非是想用激将法,将你激回来。现在证明十分有效,我真是喜不自胜。

唯一令我担心的是你也许不肯相信我这封信上的解释,以为我真的被卡洛在照顾着,又跟她一同去度假了。其实哪有什么叫卡洛的人啊!

我是不得已用这种方法骗你回来的,这的确不是君子做的事情,但是不用这种法子,你是不肯理睬我的啊!

你在电报上说,要回来跟我拼命,欢迎你来。

新家窗帘未上,花草未种,一切等你回来经营。

请转告岳父母大人,我已经完成使命,将你骗回来了。万一你相信了我以上所说的都是真的,可能又不肯回非洲来,因为我点破了自己的谎言,于是你又放心下来,不来拼命了。

如果真是如此,也没有什么不好,因为我和卡洛正要同去潜水哪!

你是回来还是不回来?

拥抱你,你忠实的丈夫　荷西

这种家庭生活

去年荷西与我逃难出来第一件事,就是匆匆忙忙地跑去电信局挂越洋电话给公公婆婆,告诉他们,我们已经平安了。

"母亲,是我,三毛,我们已经出来了,你一定受了惊吓。"我在电话里高兴地对婆婆说着。

"……难道你没吓到?什么?要问爸爸,你不看报?是,我们不在沙漠了,现在在它对面……怎么回事……"荷西一把将话筒接过去,讲了好久,然后挂上出来了。

"母亲什么都不知道,现在讲给她听,她开始怕了。"

"摩洛哥人和平进军天天登头条,她不知道?"

"真可怜,吓得那个样子。"荷西又加了一句。

"可是现在都过去了她才吓,我们不过损失了一个家,丢了事情,人是好好的,已经不用急了。"

第二天我们找到了一个连家具出租的美丽小洋房,马上又挂长途电话去马德里。

"父亲，我们的新地址是这个，你们记下来。在海边，是，暂时住下来，不回西班牙。是，请母亲不要担心。这里风景很好，她可以来玩，先通知我们，就可以来。是，大概两千多公里的距离，乔其姐夫知道在哪里，你们看看地图，好，知道了，好——"

荷西在讲电话，我在一边用手指画灰灰的玻璃，静静地听着。等荷西挂上电话推门出来了，我才不画了，预备跟他走。

"咦，三毛，你在玻璃上写了那么多'钱'字做什么？"荷西瞪着看我画的字，好新鲜的样子。

"中西的不同在此也，嘿嘿！"我感喟地说了一句。

"中国父母，无论打电话，写信，总是再三地问个不停——你们钱够不够，有钱用吗？不要太省，不要瞒着父母——你的家里从来不问我们过得怎么样？逃难出来也不提一句。"

说完这话，又觉自己十分没有风度，便闭口不再啰苏了。

那一阵，所有的积蓄都被荷西与我投入一幢马德里的公寓房子里去，分期付款正在逼死我们，而手头的确是一点钱也没有，偏偏又逃难失业了。

在新家住下来不到十天，我们突然心电感应，又去打电话给马德里的公公婆婆。

"有什么事要讲吗？"荷西拿起听筒还在犹豫。

"随便讲讲嘛，没事打去，母亲也会高兴的。"

"那你先讲,我去买报纸。"荷西走出去了我就拨电话,心里却在想,如果打去台北也像打去马德里这么便宜方便,我有多高兴呢!

"喂——"娇滴滴的声音。

"妹妹,是我——"

"三毛——啊!"尖叫声。

"妹妹,我要跟母亲讲讲话,你去叫她——"

"何必呢!你们下午就面对面讲话了,我真羡慕死了,她偏偏不挑我跟去。"

听见妹妹突如其来的惊吓,我的脑中轰的一响,差点失去知觉。

"妹妹,你说母亲要来我们这里?"

"怎么?早晨发给你们的电报还没收到?她现在正在出门,十二点的飞机,到你们那儿正好是三点半,加上时差一小时——"

小妹在电话里讲个不停,我伸头出去看荷西,他正在一个柱子上靠着看报。

"荷西快来,你妈妈——"我大叫他。

"我妈妈怎么了?"刷一下就冲到话筒边来了。

"她来了,她来了,现在——"我匆匆忙忙挂下电话,语无伦次地捉住荷西。

"啊!我妈妈要来啦!"荷西居然像漫画人物似的啊了一声,

面露天真无邪的笑容。

"这是偷袭,不算!"我沉下脸来。

"怎么不算?咦!你这人好奇怪。"

"她事先没有通知我,这样太吓人了,太没有心理准备,我——"

"她不是早晨打了电报来,现在一定在家里,你怎么不高兴?"

"好,不要吵了,荷西,我们一共有多少钱?"我竟然紧张得如临大敌。

"两万多块,还有半幢房子。"

"那不够,不要再提房子了,我们去公司借钱。"捉了荷西就上车。

在磷矿公司设在加纳利群岛漂亮的办公室里,我低声下气地在求人。

"这个月薪水我们没有领就疏散了,请公司先发一下,反正还有许多账都没有结,遣散费也会下来,请先拨我们五万块西币。"

在填支借表格的时候,荷西脸都红了,我咬着下唇迫他签字。

"三毛,何必呢!两万多块也许够了。"

"不够,母亲辛苦了一辈子,她来度假,我要给她过得好一点。"

领了钱,看看钱,母亲正在向我们飞来,我们却向超级市场飞去。

"这车装满了，荷西，再去推一辆小车来。"

"三毛，你——这些东西我们平时是不吃的啊！太贵了。"

"平时不吃，这是战时，要吃。"

明明是诚心诚意在买菜，却因为形容婆婆来是在打仗，被荷西意味深长地瞄了一眼。

婆婆大人真是一个了不起的人物，她不必出现，只要碰到她的边缘，夫妻之间自然南北对峙，局势分明了。

"荷西，去那边架子拿几瓶香槟，巧克力糖去换一盒里面包酒的那种，蜗牛罐头也要几罐，草莓你也拿了吗？我现在去找奶油。"

"三毛！"荷西呆呆地瞪着我，好似我突然发疯了一样。

"快，我们时间不多了。"

在回家的路上，我拼命地催荷西开车，急得几乎要哭出来。

"你发什么神经病嘛！妈妈来没有什么好紧张的。"荷西对我大吼大叫，更增加了我的压力。

"我有理由叫你快。"我也大吼回去。

到了家门口，我只对荷西说："把东西搬下来，肉放冰柜里，我先走了。"就飞奔回房内去。

等到荷西抱了两大箱食物进门时，我已经赤足站在澡缸里放水洗床单了。

"三毛，你疯了？"

"母亲最注重床单，我们的床给她睡，我一定要洗清洁。"

"可是一小时之内它是不会干的啊！"

"晚上要睡时它会干，现在做假的，上面用床罩挡起来，她不会去检查。哪！扫把拿去，我们来大扫除。"

"家里很清洁，三毛，你坐下来休息好不好？"

"我不能给母亲抓到把柄，快去扫。"我一面乱踩床单，一面对荷西狂吼。

等我全神贯注在洗床单时，脑子里还回响着妹妹的声音——她现在正在出门。在出门，在出门——又听到妹妹说——她偏偏不挑我跟去——她不挑我跟去——她不挑我跟去——

我听到那里，呼一下把床单举成一面墙那么高，不会动了，任着肥皂水流下手肘——她不挑妹妹跟来，表示她挑了别人跟来。她挑了别人跟来，会是谁？会是谁？

"荷西，你快来啊！不好啦！"我伸头出去大叫，荷西拖了扫把飞奔而入。

"扭了腰吗？叫你不要洗——"

"不是，快猜，是谁跟妈妈来了？会是谁？"我几乎扑上去摇他。

"我不知道。"慢吞吞的一句。

"我们怎么办？几个人来？"

"三毛，你何必这种样子，几个人来？不过是我家里的人。"荷西突然成了陌生人，冷冷淡淡地站在我面前。

"可是，他们突击我，我们逃难出来才十天，房子刚刚安顿，东西全丢了,钱也不多,我精神还没有恢复,我不是不欢迎他们,我,我——"

"你的意思是说,母亲第一次来儿子家,还得挑你高兴的时候?"

"荷西,你知道我不是这个意思,我不过是想给她一个好印象,你忘了当初她怎么反对我们结婚?"

"为什么旧事重提?你什么事都健忘,为什么这件事记得那么牢?"

我瞪了荷西一眼,把湿淋淋的床单一床一床地拖出去晒,彼此不再交谈。

我实在不敢分析婆婆突然来访,我自己是什么心情。做贼心虚,脸上表情就很难。本来是一件很高兴的事,在往机场去接婆婆时,两个人却一句话都不多说,望着公路的白线往眼前飞过来。

走进机场,扩音器已经在报了:马德里来的伊伯利亚航空公司一一〇班机乘客,请到 7 号输送带领取行李。

我快步走到出口的大玻璃门处去张望,正好跟婆婆美丽高贵的脸孔碰个正着,我拍着玻璃大叫:"母亲!母亲!我们来接你了。"

婆婆马上从门里出来,笑容满面地抱住我:"我的儿子呢?"

"在停车,马上来了。"

"母亲,你的箱子呢?我进去提。"我问她。

"啊！不用了，二姐他们会提的。"

我连忙向里面望，却看见穿着格子衬衫的二姐夫和一个黄头发的小男孩。我闭一下眼睛，再看，又看见穿着皮裘的二姐和一个戴红帽子的小女孩。我深呼吸了一下，转过身去对婆婆笑笑，她也回报我一个十分甜蜜的笑容。

这些天兵天将的降临的确喜坏了荷西，他左拥右抱，一大家子往出口走去。我提着婆婆中型的箱子跟在后面，这才发觉，荷西平日是多么缺乏家庭的温暖啊！一个太太所能给他的实在是太少了。

到了家，大家开箱子挂衣服，二姐对我说："这么漂亮的家，不请我们来，真是坏心眼，还好我们脸皮厚，自己跑来了。"

"我们也才来了十天，刚刚租下来。"

拿了一个衣架到客厅去，荷西正在叫："太太，你怎么啦！下酒的菜拿出来啊！不要小气，姐夫喝酒没菜不行的。"

我连忙去冰箱里拿食物，正在装，婆婆在我后面说："孩子，我的床怎么没有床单，给我床单，我要铺床。"

"母亲，等晚上我给你铺，现在洗了，还没有干。"

"可是，我没有床单——"

"妈妈，你别吵了。"二姐手里挟了金毛外甥，拿了一条裤子，大步走过来。

"三毛，拜托点点热水炉，大卫泻肚子，拉了一身，我得替他洗澡，这条裤子你丢到洗衣机里去洗一下，谢谢！"

二姐当然不会知道，我们还没有洗衣机。我赶快拿了脏裤子，到花园的水龙头下去冲洗。通客厅的门却听见姐夫的拍掌声——"弟妹，我们的小菜呢？"

"啊，我忘了，这就来了。"我赶快擦干了手进屋去搬菜，却听见荷西在说笑话："三毛什么都好，就是有健忘症，又不能干。"

再回到水龙头下洗小孩子的裤子，旁边蹲下来一个小红帽，她用力拉我的头发，对我说："戴克拉夫人，我要吃巧克力糖。"

"好，叫荷西去开，乖，舅妈在忙，嗯！"我对她笑笑，拉回自己的头发，拎起裤子去晒，却看见婆婆站在后院的窗口。

"母亲，休息一下啊！你坐飞机累了。"

"我是累了，可是我要睡床单，不要睡床罩。"

我赶紧跑进屋去，荷西与姐夫正在逍遥。

"荷西，你出去买床单好吗？拜托，拜托。"

他不理。

"荷西，请你。"我近乎哀求了，他才抬起头。

"为什么差我出去买床单？"

"不够，家里床单不够。"

"那是女人的事。"他又去跟姐夫讲话了，我废然而去。

"戴克拉，我要吃糖。"小红帽又来拉我。

"好，乖，我们来开糖，跟我来。"我拉着小女孩去厨房。

"这种我不要吃，我要里面包杏仁的。"她大失所望地看着我。

"这种也好吃的,你试试看。"我塞一块在她口里就走了。

谁是戴克拉?我不叫戴克拉啊!

"三毛,拿痱子粉来。"二姐在卧室里喊着,我赶快跑进去。

"没有痱子粉,二姐,等一下去买好吗?"

"可是大卫现在就得搽。"二姐咬着嘴唇望着我,慢慢地说。

我再去客厅摇荷西:"嗯!拜托你跑一趟,妈妈要床单,大卫要痱子粉。"

"三毛,我刚刚开车回来,你又差我。"荷西睁大着眼睛,好似烦我纠缠不清似的瞪着人。

"我就是要差你,怎么样?"我脸忽一下沉了下来。

"咦!这叫恩爱夫妻吗?三毛!"姐夫马上打哈哈了。

我板过脸去望厨房,恰好看见婆婆大呼小叫走出来,手里拿着那盒糖,只好赶快笑了。

"天啊!她说戴克拉给她吃的,这种带酒的巧克力糖,怎么可以给小孩子吃,她吃了半盒。安琪拉,快来啊!你女儿——"

"天知道,你这小鬼,什么东西不好吃,过来——"二姐从房里冲出来,拉了小女儿就大骂,小孩满嘴圈的巧克力,用手指指我。

"是她叫我吃的。"

"三毛,你不知道小孩子不能吃有酒精的糖吗?她不像你小时候——"荷西好不耐烦地开始训我。

我站在房子中间，受到那么多眼光的责难，不知如何下台。只好说："她不吃，我们来吃吧！母亲，你要不要尝一块？"

突然来的混乱，使我紧张得不知所措。

分离了一年，家庭团聚，除了荷西与姐夫在谈潜水之外，我们没有时间静下来谈谈别后的情形。

荷西去买床单时，全家都坐车进城了，留下泻肚子的三岁大卫和我。

"你的起动机在哪里？"他专注地望着我。

"乖大卫，三毛没有起动机，你去院子里抓小蜗牛好吗？"

"我爸爸说，你有小起动机，我要起动机。"

"三毛替你用筷子做一个起动机。来，你看，用橡皮筋绑起来，这一支筷子可以伸出去，你看，像不像？"

"不像，不像，我不要，呜，呜——"筷子一大把往墙上摔。

"不要哭，现在来变魔术。咦！你看，橡皮筋从中指跳到小指去了，你吹一口气，试试看，它又会跳回来——"

"我不要，我要起动机——"

我叹一口气从地上爬起来，晚饭要煮了，四菜一汤。要切、要洗、要炒，甜点做布丁方便些；桌布餐巾得翻出来；椅子不够，赶快去邻居家借；刀叉趁着婆婆没回来，快快用去污粉擦擦亮；盘子够不够换？酒够不够冰？姐夫喝红酒还是威士忌？荷西要啤酒，小孩子们喝可乐还是橘子水？婆婆是要矿泉水的，这些大大小小的杯子都不相同，要再翻翻全不全。冰块还没有冻好，饭做白饭还是火腿蛋炒饭？汤里面不放笋干放什么？笋干味道婆婆受得了吗？晚饭不要太油腻了，大卫泻肚子；吃吐司面包是不是要烤？

这么一想，几秒钟过去了，哭着的小孩子怎么没声音了，赶快出去看，大卫好好地坐着动也不动，冲过去拖他起来，大便已经泻了一身一地。

"小家伙，你怎么不叫我？不是跟你讲了一千遍上厕所要叫、要喊，快来洗。"

乱洗完了小孩，怎么也找不到他替换的长裤，只好把他用毯子包起来放在卧室床上。一面赶快去关火，洗裤子，再用肥皂水洗弄脏了的地毯，洗着洗着大批人就回来了。

"肚子饿坏了，三毛，开饭吧！"怎不给人喘口气的时间？

"好，马上来了。"丢下地毯去炒菜。荷西轻轻地走过来，体贴地说："不要弄太多菜，吃不了。"

"不多！"我对他笑笑。

"天啊！谁给你光着屁股站在冰凉的地上，小鬼，你要冻坏啦！你的裤子呢？刚刚给你换上的，说——"二姐又在大喊起来。

"荷西，你去对二姐说，我替他又洗了，他泻了一身，刚刚包住的，大概自己下床了。"

"我说，她这种没有做妈妈的人，就不懂管孩子，不怪她，怪你自己不把大卫带去。"

135

"我怎么带？他泻肚子留在家里总不会错，三毛太不懂事了。"

姑姑和婆婆又在大声争执。她们是无心的，所以才不怕我听到，我笑了一笑，继续煮菜。

晚饭是愉快的时光，我的菜没有人抱怨，因为好坏都是中国菜，没有内行。吃的人在烛光下一团和气，只有在这一刻，我觉得家庭的温暖是这么地吸引着我。

饭后全家人洗澡，我把荷西和我第二日要穿的衣物都搬了出来。家中有三张床，并没有争执和客气，很方便地分配了。

姐夫和姐姐已把行李打开在我们卧室，妈妈单独睡另一室，小黛比睡沙发，荷西与我睡地上。

等到躺下地铺上去时，我轻轻地叹了口气，我竟然是那么累了，不过半天的工夫而已。

"荷西，床单都是大炮牌的，一共多少钱？"

"八千块。"

我在黑暗中静静地望着他低低地说："我不是跟你讲过也有本地货的吗？只要三百块一条。"

他不响。再问："这几条床单以后我们也没有什么用。"

"妈妈说用完她要带回去，这种床单好。"

"她有一大柜子的绣花床单，为什么——"

"三毛，睡吧！不要有小心眼，睡吧！"

我知道自己是个心胸狭小的人，忍住不说话才不会祸从口出，只好不许自己回嘴了。

夜间在睡梦里有人敲我的头，我惊醒了坐起来，却是小大卫哭兮兮地站在我面前。

"要上厕所，呜——"

"什么？"我渴睡欲死，半跌半爬地领他去洗手间。

"妈妈呢？"我轻轻问他。

"睡觉。"

"好，你乖，再去睡。"轻轻将他送到房门口，推进去。

"戴克拉，我要喝水。"小红帽又在沙发上坐了起来。

"你是小红帽，不会去找祖母？来，带你去喝水，厕所上不上？"

服侍完两个孩子，睡意全消。窗外的大海上，一轮红日正跳一样地出了海面。

轻手轻脚起床，把咖啡加在壶里，牛油、果酱、乳酪都搬出来，咖啡杯先在桌上放齐，糖、牛奶也装好。再去地上睡，婆婆已经起床了。

"母亲早！天冷，多穿些衣服。"

婆婆去洗手间，赶快进去替她铺好床，这时小黛比也起来了，再上去替她穿衣。

"去喝牛奶，戴克拉来铺床。"

"你们吵什么，讨厌！"地上赖着的荷西翻身再睡。

"我不要牛奶，我要可可。"

"好，先吃面包，我来冲可可。"

"我不吃面包，在家里我吃一碗麦片。"

"我们没有麦片，明天再吃，现在吃面包。"

"我不要，呜，我不要！"小红帽哭了。

"哎！吵什么呢！黛比，你不知道弟弟要睡吗？"二姐穿了睡衣走出来怒眼相视，再对我点点头道了早安。

"早！"姐夫也起来了。再一看，荷西也起来了，赶快去收地铺。

把地铺、黛比的床都铺好，婆婆出洗手间，姐姐进去，我是轮不到的了。

"母亲，喝咖啡好吗？面包已经烤了。"

"孩子，不用忙了，我喝杯茶，白水煮一个蛋就可以。"

"荷西，请你把这块烤好的面包吃掉好吗？"

"嘿嘿，不要偷懒欺负先生，我要的是火腿荷包蛋和橘子水。"

正要煮茶、煮蛋、煮火腿，房内大卫哭了，我转身叫黛比："宝贝，去看看你弟弟，妈妈在厕所。"

婆婆说："随他去，这时候醒了，他不会要别人的，随他去。"

正要随他去，二姐在厕所里就大叫了："三毛，拜托你去院子里收裤子，大卫没得换的不能起床了。"

飞快去收完裤子，这面茶正好滚了，火腿蛋快焦了，婆婆已笑眯眯地坐在桌前。

"姐夫，你喝咖啡好吗？"

"啊！还是给我一罐啤酒，再煮一块小鱼吧！"

"什么鱼？"我没有鱼啊！

"随便什么鱼都行！"

"荷西——"我轻轻喊了一声荷西。婆婆却说："三毛，我的白水蛋要煮老了吧！还没来。"

我在厨房捞蛋，另外开了一罐沙丁鱼罐头丢下锅，这时二姐披头散发进来了："三毛，熨斗在哪里？这条裤子没有干嘛！"

替二姐插好熨斗，婆婆的蛋，姐夫的鱼都上了桌，二姐却在大叫："三毛，麻烦你给大卫煮一点麦片，给我烤一片乳酪面包，我现在没空。"

"麦片？我没有预备麦片。"我轻轻地说。

"这种很方便的东西，家里一定要常备，巧克力糖倒是不必要的。算了，给大卫吃饼干好了。"婆婆说。

"没——没有饼干。"

"好吧！吃烤面包算了。"二姐在房内喊，我赶快去弄。

早餐桌上，荷西、姐夫和婆婆，在商量到哪里去玩，二姐挟了穿整齐的小孩出来吃饭。

"三毛，你好了吗？你去铺铺床，我还没有吃饭没有化妆呢！这小孩真缠人。"

铺好了姐夫姐姐的床，各人都已吃完早餐，我赶快去收碗，拿到厨房去冲洗。

"三毛,你快点,大家都在等你。"

"等我?"我吃了一惊。

"快啊!你们这些女人。"

"车子太挤,你们去玩,我留下来做中饭。"

"三毛,不要耍个性,母亲叫你去你就去。"

"那中饭在外面吃?"我渴望地问。

"回来吃,晚点吃好吗?"婆婆又说。

"好,我去刷牙洗脸就来。"

"三毛,你一个早上在做什么,弄到现在还没梳洗。"荷西不耐烦地催着。

"我在忙哪!"忍着气分辩着。

"忙什么!我们大家都吃最简单的,小孩子们连麦片都没得吃,也不知你昨天瞎买了两大箱什么吃的。"

"荷西,他们是临时出现的,我买东西时只想到母亲,没想到他们会来。"

"走吧!"他下楼去发动车子,我这边赶快把中午要吃的肉拿出来解冻,外面喇叭已按个不停了。

挤进车子后座,大家兴高采烈,只有我,呆呆地望着窗外往后倒的树木。我一直在想,为什么没有一个人问我沙漠逃难的情形,没有一句话问我们那个被迫丢掉了的家。婆婆没有问一声儿子未来的职业,更没有叫我们回马德里去,婆婆知道马德里付了一半钱的房子,而今荷西没有了收入,分期付款要怎么付,她不闻不问。她、姐姐、姐夫,来了一天了,所谈的不过是他们的生活和需求,以及来度假的计划。我们的愁烦,在他们眼里,可能因为太明显了,使得他们亲如母子,也不过问,这是极聪明而有教养的举动。比较之下,中国的父母是多么地愚昧啊!中国父母只会愁孩子冻饿,恨不能把自己卖了给孩子好处。

开车兜风,在山顶吃冰淇淋,再开下山回家来已是下午一点了。我切菜洗菜忙得满头大汗,那边却在喝饭前酒和吃下酒的小菜。

将桌子开好饭,婆婆开始说了:"今天的菜比昨天咸,汤也没有煮出味道来。"

"可能的,太匆忙了。"

"怕匆忙下次不跟去就得了。"

"我可没有要去,是荷西你自己叫我不许耍个性——"

"好啦!母亲面前吵架吗?"姐夫喝了一声,我不再响了。

吃完饭,收下盘碗,再拼命地把厨房上下洗得雪亮,已是下午四点半了。走出客厅来,正要坐下椅子,婆婆说:"好啦,我就是在等你空出手来,来,去烤一个蛋糕,母亲来教你。"

"我不想烤,没有发粉。"

"方便得很的,三毛,走,我们开车去买发粉。"二姐兴冲冲地给我打气。

我的目光乞怜地转向荷西,他一声不响好似完全置身事外。

我低着头去拿车子钥匙，为了一包发粉，开十四公里的路，如果不是在孝顺的前提之下，未免是十分不合算的事。

蛋糕在我婆婆的监督下发好了，接着马上煮咖啡，再放杯子，全家人再度喝下午咖啡吃点心，吃完点心，进城去逛，买东西，看商店，给马德里的家族买礼物，夜间十点半再回来。我已烤好羊腿等着饥饿的一群，吃完晚饭，各自梳洗就寝，我们照例是睡地上，我照例是一夜起床两次管小孩。

五天的日子过去了，我清早六时起床，铺床，做每一份花色不同的早饭，再清洗所有的碗盘，然后开始打扫全家，将小孩大人的衣服收齐，泡进肥皂粉里，拿出中午要吃的菜来解冻，开始洗衣服，晾衣服。这时婆婆他们全家都已出门观光，湿衣服晾上，开始烫干衣服，衣服烫好，分别挂上，做中饭，四菜一汤，加上小孩子们特别要吃的东西，楼下车子喇叭响了，赶快下去接玩累了的婆婆。冷饮先送上，给各人休息；午饭开出来，吃完了，再洗碗，洗完碗，上咖啡，上完咖啡，再洗盘子杯子，弄些点心，再一同回去城里逛逛，逛了回来，晚饭，洗澡，铺婆婆的床，小黛比的沙发，自己的地铺，已是整整站了十六小时。

"荷西。"夜间我轻轻地叫先生。

"嗯？"

"他们要住几天？"

"你不会问？"

"你问比较好，拜托你。"我埋在枕头里几乎呜咽出来。

"不要急,你烦了他们自然会走。"

我翻个身不再说话。

我自己妈妈在中国的日子跟我现在一色一样,她做一个四代同堂的主妇,整天满面笑容;为什么我才做了五天,就觉得人生没有意义?

我是一个没有爱心的人,对荷西的家人尚且如此,对外人又会怎么样?我自责得很,我不快乐极了。

我为什么要念书?我念了书,还是想不开;我没有念通书本,我看不出这样繁重的家务对我有什么好处。我跟荷西整日没有时间说话,我跟谁也没有好好谈过,我是一部家务机器,一部别人不丢铜板就会活动的机器人,简单得连小孩子都知道怎么操纵我。

又一个早晨,全家人都去海边了,沙漠荷西的老友来看我们。

"噢!圣地亚哥,怎么来了?不先通知。"

"昨天碰到荷西的啊!他带了母亲在逛街。"

"啊!他忘了对我说。"

"我——我送钱来给你们,三毛。"

"钱,不用啊!我们向公司拿了。"

"用完了,荷西昨天叫我送来的。"

"用完了?他没对我说啊!"怎么可能?怎么可能?我们一共有七万多块。

"反正我留两万块。"

"也好！我们公司还有二十多万可以领，马上可以还你，对不起。"

送走了圣地亚哥，我心里起伏不定，忍到晚上，才轻轻地问荷西："钱用完了？吃吃冰淇淋不会那么多。"

"还有汽车钱。"

"荷西，你不要开玩笑。"

"你不要小气，三毛，我不过是买了三只手表，一只给爸爸，一只给妈妈，一只是留着给黛比第一次领圣餐时的礼物。"

"可是，你在失业，马德里分期付款没有着落，我们前途茫茫——"

荷西不响，我也不再说话，圣地亚哥送来的钱在黑暗中数清给他，叫他收着。

十五天过去了，我陪婆婆去教堂望弥撒，我不是天主教，坐在外面等。

"孩子，我替你祷告。"

"谢谢母亲！"

"祷告圣母马利亚快快给你们一个小孩，可爱的小孩，嗯！"

母亲啊！我多么愿意告诉你，这样下去，我永远不会有孩子，一个白天站十六七小时的媳妇，不会有心情去怀孕。

二十天过去了，客厅里堆满了玩具，大卫的起动机、电影放映机、溜冰板、黛比的洋娃娃、水桶、小熊，占据了全部的空间。

"舅舅是全世界最好的人。"黛比坐在荷西的脖子上拍打他的头。

"舅妈是坏人,砰!砰!打死她!"大卫冲进厨房来拿手枪行凶。

"你看!他早把马德里忘得一干二净了。"二姐笑着说,我也笑笑,再低头去洗菜。

舅妈当然是坏人,她只会在厨房,只会埋头搓衣服,只会说:"吃饭啦!"只会烫衣服。她不会玩,不会疯,也不会买玩具,她是一个土里土气的家庭主妇。

"荷西,母亲说她要再多住几天?"夜半私语,只有这个话题。

"一个月都没到,你急什么。"

"不急,我已经习惯了。"说完闭上眼睛,黑暗中,却有丝丝的泪缓缓地流进耳朵里去。

"我不是谁,我什么人都不是了。"

荷西没有回答,我也知道,这种话他是没有什么可回答的。

"我神色憔悴,我身心都疲倦得快疯了。"

"妈妈没有打你,没有骂你,你还不满意?"

"我不是不满意她,我只是觉得生活没有意义,荷西,你懂不懂,这不是什么苦难,可是我——我失去了自己,只要在你家人面前,我就不是我了,不是我,我觉得很苦。"

"伟大的女性，都是没有自己的。"

"我偏不伟大，我要做自己，你听见没有。"我的声音突然高了起来。

"你要吵醒全家人？你今天怎么了？"

我埋头在被单里不回答，这样的任性没有什么理由，可是荷西如此地不了解我，着实令我伤心。

上一代的女性每一个都像我这样地度过了一生，为什么这一代的我就做不到呢！

"你家里人很自私。"

"三毛，你不反省一下是哪一个自私，是你还是她们。"

"为什么每次衣服都是我洗，全家的床都是我铺，每一顿的碗都是我收，为什么——"

"是你要嘛！没有人叫你做，而且你在自己家，她们是客。"

"为什么我去马德里做客，也是轮到我，这不公平。"

再说下去，荷西一定暴跳如雷，我塞住了自己的嘴，不再给自己无理取闹下去。

圣经上说，爱是恒久忍耐又有恩慈。这一切都要有爱才有力量去做出来，我在婆婆面前做的，都不够爱的条件，只是符合了礼教的传统，所以内心才如此不耐吧！

"我甚至连你也不爱。"我生硬地对他说，语气陌生得自己都不认识了。

"其实，是她们不够爱我。"喃喃自语，没有人答话，去摇摇荷西，他已经睡着了。

我叹了口气翻身去睡，不能再想，明天还有明天的日子要担当。

一个月过去了，公公来信请婆婆回家，姐夫要上班。他们决定回去的时候，我突然好似再也做不动了似的要瘫了下来。人的意志真是件奇怪的东西，如果婆婆跟我住一辈子，我大概也是撑得下去的啊！

最后的一夜，我们喝着香槟闲话着家常，谈了很多西班牙内战的事情，然后替婆婆理行李，再找出一些台湾玉来给二姐。只有荷西的失业和房子，是谁也不敢涉及的话题，好似谁问了，这包袱就要谁接了去似的沉重。

在机场，我将一朵兰花别在婆婆胸前，她抱住了荷西，像要永别了似的亲个不住，样子好似眼泪快要流下来，我只等她讲一句："儿啊！你们没有职业，跟我回家去吧！马德里家里容得下你们啊！"

但是，她没有说，她甚而连一句职业前途的话都没有提，只是抱着孩子。

我上去拥别她，婆婆说："孩子，这次来，没有时间跟你相处，你太忙了，下次再来希望不要这么忙了。"

"我知道，谢谢母亲来看我们。"我替她理理衣襟上的花。

"好，孩子们，说再见，我们走了。"二姐弯身叫着孩子们。

"舅舅再见！舅妈再见！"

"再见！"大人们再拥抱一次，提着大包小包进入机坪。

荷西与我对看了一眼，没有说一句话，彼此拉着手走向停车场。

"三毛，你好久没有写信回台湾了吧？"

"这就回去写，你替我大扫除怎么样？"我的笑声突然清脆高昂起来。

这种家庭生活，它的基石建筑在哪里？

我不愿去想它，明天醒来会在自己软软的床上，可以吃生力面，可以不做蛋糕，可以不再微笑，也可以尽情大笑，我没有什么要来深究的理由了。

塑胶儿童

荷西与我自从结婚以来,便不再谈情说爱了,许多人讲——结婚是恋爱的坟墓——我们十分同意这句话。

一旦进入了这个坟墓,不但不必在冬夜里淋着雪雨无处可去,也不必如小说上所形容的刻骨铭心地为着爱情痛苦万分。当然,也更不用过分注意自己的外观是否可人,谈吐是否优雅,约会太早到或太迟到,也不再计较对方哪一天说了几次——我爱你。

总之,恋爱期间种种无法形容的麻烦,经过了结婚的葬礼之后,都十分自然地消失了。

当然,我实在有些言过其实,以我的个性,如果恋爱真有上面所说的那么辛苦,想来走不到坟场就来个大转弯了。

婚后的荷西,经常对我说的,都是比世界上任何一本"对话录"都还要简单百倍的。

我们甚而不常说话,只做做"是非""选择"题目,日子就圆满地过下来了。

"今天去了银行吗?"

"是。"

"保险费付了吗?"

"还没。"

"那件蓝衬衫是不是再穿一天?"

"是。"

"明天你约了人回来吃饭?"

"没有。"

"汽车的机油换了吗?"

"换了。"

乍一听上去,这对夫妇一定是发生婚姻的危机了,没有情趣的对话怎不令一个个渴望着爱情的心就此枯死掉?事实上,我们跟这世界上任何一对夫妇的生活没有两样,日子亦是平凡地在过下去,没有什么不幸福的事,也谈不上什么特别幸福的事。

其实上面说的完全是不必要的废话。

在这个家里,要使我的先生荷西说话或不说话,开关完全悄悄地握在我的手里。他有两个不能触到的秘密,亦是使他激动喜乐的泉源,这事说穿了还是十分普通的。

"荷西,你们服兵役时,也是一天吃三顿吗?"

只要用这么奇怪的一句问话,那人就上钩了。姜太公笑眯眯地坐在床边,看这条上当的鱼,突然眉飞色舞,口若悬河,立正,稍息,敬礼,吹号,神情恍惚,眼睛发绿;军营中的回忆使一个普通的丈夫突然在太太面前吹成了英雄好汉,这光辉的时刻永远不会退去,除非做太太的听得太辛苦了,大喝一声——"好啦!"这才悠然而止。

如果下次又想逗他忘形地说话,只要平平常常地再问一次——"荷西,你们服兵役时,是不是吃三顿饭?"——这人又会不知不觉地跌进这个陷阱里去,一说说到天亮。

说说军中的生活并不算长得不能忍受,毕竟荷西只服了两年的兵役。

我手里对荷西的另外一个开关是碰也不敢去碰,情愿天天做做是非题式的对话,也不去做姜太公,那条鱼一开口,可是三天三夜不给人安宁了。

"荷西,窗外一大群麻雀飞过。"我这话一说出口,手中锅铲一软,便知自己无意间触动了那个人的话匣子,要关已经来不及了。

"麻雀,有什么稀奇!我小的时候,上学的麦田里,成群的……我哥哥拿了弹弓去打……你不知道,其实野兔才是……那种草,发炎的伤口只要……"

"荷西,我不要再听你小时候的事情了,拜托啊!"我捂住耳朵,那人张大了嘴,笑哈哈地望着远方,根本听不见我在说话。

"后来,我爸爸说,再晚回家就要打了,你知道我怎么办……哈！哈！我哥哥跟我……"

荷西只要跌入童年的回忆里去，就很难爬得出来。只见他忽而仰天大笑，忽而手舞足蹈，忽而作势，忽而长啸。这样的儿童剧要上演得比兵役还长几年，这才啪一下把自己丢在床上，双手枕头，满意地叹了口气，沉醉在那份甜蜜而又带着几分怅然的情绪里去。

"恭喜你！葛先生，看来你有一个圆满的童年！"我客气地说着。

"啊！"他仍在笑着，回忆实在是一样吓人的东西，悲愁的事，摸触不着了，而欢乐的事，却一次比一次鲜明。

"你小时候呢？"他看了我一眼。

"我的童年跟你差不多，捉萤火虫，天天爬树，跟男生打架，挑水蛇，骑脚踏车，有一次上学路上还给个水牛追得半死，夏天好似从来不知道热，冬天总是为了不肯穿毛衣跟妈妈生气，那时候要忙的事情可真多——"我笑着说。

"后来进入少年时代了，天天要恶补升初中，我的日子忽然黯淡下来了，以后就没好过——"我又叹了口气，一路拉着床罩上脱线的地方。

"可是，我们的童年总是不错，你说是不是？"

"十分满意。"我拍拍他的头，站起来走出房去。

"喂，你是台北长大的吗？"

"跟你一样，都算城里人，可是那个时候的台北跟马德里一样,还是有野外可去的哪!而且就在放学的一路上回家,就有得好玩了。"

"荷西,你们的老师跟不跟你们讲这些,什么儿童是国家的栋梁、未来的主人翁之类的话啊?"

"怎么不讲,一天到晚说我们是国家的花朵。"荷西好笑地说。

我倒觉得这没有什么好笑,老师的话是对的,可惜的是,我不学无术,连自己家的主人翁都只做了一半,又常常要背脊痛,站不直,不是栋梁之材;加上长得并不娇艳,也不是什么花朵。浮面的解释,我已完完全全辜负了上一代的老师对我殷殷的期望。

多年来,因为自己不再是儿童,所以很难得与儿童有真正相聚的时候,加上自己大半时候住在别人的土地上,所以更不去关心那些外国人的孩子怎么过日子了。

这一次回国小住,忽见姐姐和弟弟的孩子都已是一朵朵高矮不齐可爱得迎风招展的花朵了,真是乍惊乍喜。看看他们,当然联想到这些未来的栋梁和主人翁不知和自己生长时的环境有了多大的不同,我很喜欢跟他们接近。

我家的小孩子,都分别住在一幢幢公寓里面,每天早晨大的孩子们坐交通车去上小学,小的也坐小型巴士去上幼稚园。

我因为在回国时住在父母的家中,所以大弟弟的一对双生女儿与我是住同一个屋顶下的。

"请问小朋友,你们的学校有花吗?"

说这话时,做姑姑的正在跟侄女们玩"上课"的游戏。

"报告老师,我们的学校是跟家里这样的房子一样的,它在楼下,没有花。"

"老师在墙上画了草地,还有花,有花嘛,怎么说没有。"另外一个顶了她姐姐一句。

"现在拿书来给老师念。"姑姑命令着,小侄女们马上找出图画书来送上。

"这是什么?"

"月亮。"

"这个呢?"

"蝴蝶。"

"这是山吗?"

"不是,是海,海里好多水。"小朋友答。

"你们看过海吗?"

"我们才三岁,姑姑,不是,老师,长大就去看,爸爸说的。"

"你们看过真的月亮、蝴蝶和山吗?"被问的拼命摇头。

"好,今天晚上去看月亮。"姑姑看看紧靠着窗口邻家的厨房,叹了一口气。

看月亮本是一件有趣的事情,因为月亮有许许多多的故事和传说,但是手里拉着两个就站在文具店的街外看月亮的孩子,月光无论如何不能吸引她们。

我们"赏月"的结果，是两个娃娃跑进文具店，一人挑了一块彩色塑胶垫板回家，兴高采烈。

父亲提议我们去旅行的时候，我坚持全家的孩子都带去，姐姐念小学的三个和弟弟的两个都一同去。

"你知道你在说什么吗？三个大人，带五个小孩子去旅行？"姐姐不同意地说。

"孩子们的童年很快就会过去，我要他们有一点点美丽的回忆，我不怕麻烦。"

被孩子们盼望得双眼发直的旅行，在我们抵达花莲亚士都饭店时方才被他们认可了，兴奋地在我们租下的每一个房间里乱跑。

点心被拆了一桌，姐姐的孩子们马上拿出自己私藏的口香糖、牛肉干、话梅这一类的宝贝交换起来。

"小朋友，出来看海，妹妹，来看书上写的大海。"我站在凉台上高叫着，只有一个小男生的头敷衍地从窗帘里伸出来看了一秒钟，然后缩回去了。

"不要再吃东西了，出来欣赏大自然。"我冲进房内去捉最大的蕙蕙，口中命令似的喊着。

"我们正忙呢！你还是过一下再来吧！"老二芸芸头也不抬地说，专心地在数她跟弟弟的话梅是不是少分了一粒。

"小妹来，你乖，姑姑带你去看海。"我去叫那一双三岁的女娃娃们。

"好怕，阳台高，我不要看海。"她缩在墙角，可怜兮兮地望着我。

我这一生岂没有看过海吗？我跟荷西的家，窗外就是大海。但是回国来了，眼巴巴地坐了飞机带了大群未来的主人翁来花莲，只想请他们也欣赏一下大自然的美景，而他们却是漠不关心的。海，在他们上学放学住公寓的生活里，毕竟是那么遥远的事啊！

大自然对他们已经不存在了啊！

黄昏的时候，父亲母亲和我带着孩子们在旅馆附近散步，草丛里数不清的狗尾巴草在微风里摇晃着，偶尔还有一两只白色的蝴蝶飘然而过。我奔入草堆里去，本以为会有小娃娃们在身后跟来，哪知回头一看，所有的儿童——这一代的——都站在路边喊着——姑姑给我采一根，我也要一根狗尾巴——阿姨，我也要，拜托，我也要——狗尾巴，请你多采一点——

"你们自己为什么不进来采？"我奇怪地回头去问。

"好深的草，我们怕蛇，不敢进去。"

"我小时候怕的是柏油路，因为路上偶尔会有车子；现在你们怕草，因为你们只在电视上看看它，偶尔去一趟荣星花园，就是全部了。"我分狗尾巴草时在想，不过二十多年的距离，却已是一个全新的时代了。这一代还能接受狗尾巴草，只是自己去采已无兴趣了，那么下一代是否连墙上画的花草都不再看了呢？

看"山地小姐"穿红着绿带着假睫毛跳山地舞之后,我们请孩子们上床,因为第二天还要去天祥招待所住两日。

城里长大的孩子,最大的悲哀在我看来,是已经失去了大自然天赋给人的灵性。一整个早晨在天祥附近带着孩子们奔跑,换来的只是近乎为了讨好我,而做出的对大自然礼貌上的欢呼,直到他们突然发现了可以玩水的游泳池,这才真心诚意地狂叫了起来,连忙往水池里奔去。

看见他们在水里打着水仗,这样的兴奋,我不禁想着,塑胶的时代早已来临了,为什么我不觉得呢?

"阿姨,你为什么说我们是塑胶做的?我们不是。"他们抗辩着。

我笑而不答,顺手偷了孩子一粒话梅塞入口里。

天祥的夜那日来得意外地早,我带了外甥女芸芸在广场上散步,一片大大的云层飘过去,月亮就悬挂在对面小山的那座塔顶上,月光下的塔,突然好似神话故事里的一部分,是这么地中国,这么地美。

"芸芸,你看。"我轻轻地指着塔、山和月亮叫她看。

"阿姨,我看我还是进去吧!我不要在外面。"她的脸因为恐惧而不自在起来。

"很美的,你定下心来看看。"

"我怕鬼,好黑啊!我要回去了。"她用力挣脱了我的手,往外祖父母的房内飞奔而去,好似背后有一百个鬼在追她似的。

勉强孩子们欣赏大人认定的美景，还不如给他们看看电视吧！大自然事实上亦不能长期欣赏的，你不生活在它里面，只是隔着河岸望着它，它仍是无聊的。

这一代的孩子，有他们喜好的东西，旅行回来，方才发觉，孩子们马上往电视机奔去，错过了好几天的节目，真是遗憾啊！

我家十二岁的两个外甥女，已经都戴上了眼镜，她们做完了繁重的功课之后，唯一的消遣就是看电视，除了这些之外，生活可以说一片空白。将来要回忆这一段日子，想来不过是轻描淡写地一句就带过了吧。

再回到加纳利群岛来，荷西与我自然而然地谈起台北家中的下一代。

"他们不知道什么是萤火虫，分不清树的种类，认不得虫，没碰过草地，也没有看过银河星系。"

"那他们的童年在忙什么？"荷西问。

"忙做功课，忙挤校车，忙补习，仅有的一点空闲，看看电视和漫画书也就不够用了。"

"我们西班牙的孩子可能还没那么紧张。"

"你的外甥女们也是一样，全世界都差不多了。"

没有多久，荷西姐姐的几个孩子们被送上飞机来我们住的岛上度假。

"孩子们，明天去山上玩一天，今天早早睡。"

我一面预备烤肉,一面把小孩们赶去睡觉,想想这些外国小孩也许是不相同的。

第二天早晨进入车房时,孩子们发现了一大堆以前的邻居丢掉的漫画书,欢呼一声,一拥而上,杂志马上瓜分掉了。

在蓝灰色的山峦上,只有荷西与我看着美丽的景色,车内的五个孩子鸦雀无声,他们埋头在漫画里。

烤肉,生火,拾枯树枝,在我做来都是极有乐趣的事,但是这几个孩子悄悄耳语,抱着分到的漫画书毫不带劲地坐在石块上。四周清新的空气,野地荒原,蓝天白云,在他们,都好似打了免疫针似的完全无所感动,甚而连活动的心情都没有了。

最后,五个显然是有心事的孩子,推了老大代表,咳了一声,很有礼地问荷西:"舅舅,还要弄多久可以好?"

"怎么算好?"

"我是说,嗯,嗯,可以吃完了回去?"他摸了一下鼻子,很不好意思地说。

"为什么急着回去?"我奇怪地问。

"是这样的,今天下午三点有电视长片,我们——我们不想错过。"

荷西与我奇怪地对看了一眼,哈哈大笑起来。

"又是一群塑胶儿童!"

这几个孩子厌恶地瞪着我们,显然地不欢迎这种戏称。

车子老远地开回家,还没停好,孩子们已经尖叫着跳下车,冲进房内,按一按电钮,接着热烈地欢呼起来。

"还没有演,还来得及。"

这批快乐的儿童,完完全全沉醉在电视机前,忘记了四周一切的一切。

我轻轻地跨过地下坐着躺着的小身体,把采来的野花插入瓶里去。这时候,电视里正大声地播放广告歌——喝可口可乐,万事如意,请喝可——口——可——乐。

什么时候,我的时代已经悄悄地过去了,我竟然到现在方才察觉。

卖花女

我们的家居生活虽然不像古时陶渊明那么地悠然，可是我们结庐人境，而不闻车马喧，在二十世纪的今天，能够坚持做乡下人的傻瓜如我们，大概已不多见了。

我住在这儿并不是存心要学陶先生的样，亦没有在看南山时采菊花，我只是在这儿住着，做一只乡下老鼠。

荷西更不知道陶先生是谁，他很热中于为五斗米折腰，问题是，这儿虽是外国，要吃米的人倒也很多，这五斗米、那五斗米一分配，我们哈弯了腰，能吃到的都很少。

人说："穷在路边无人问，富在深山有远亲。"

我们是穷人，居然还敢去住在荒僻的海边，所以被人遗忘是相当自然的事。

在乡间住下来之后，自然没有贵人登门拜访，我们也乐得躲在这桃花源里享享清福，遂了我多年的心愿。

其实在这儿住久了，才会发觉，这个桃花源事实上并没有与世隔绝，一般人自是忘了我们，但是每天探进"源"内来的人还是很多，起码卖东西的小贩们，从来就扮着武陵人的角色，不放过对我们的进攻。

在我们这儿上门来兜售货物的人，称他们推销员是太文明了些，这群加纳利岛上来的西班牙人并不是为某个厂商来卖清洁剂，亦不是来销百科全书，更不是向你示范吸尘器。他们三天五天地登门拜访，所求售的，可能是一袋番茄，几条鱼，几斤水果，再不然几盆花，一打鸡蛋，一串玉米……

我起初十分乐意向这些淳朴的乡民买东西，他们有的忠厚，有的狡猾；有的富，有的穷，可是生意一样地做，对我也方便了不少，不必开车去镇上买菜。

说起后来我们如何不肯再开门购物，拒人千里之外，实在是那个卖花老女人自己的过错——

写到这儿，我听见前院木栅被人推开的声音，转头瞄了外面一眼，马上冲过去，将正在看书的荷西用力推了一把，口里轻喊了一声——"警报"，然后飞奔去将客厅通花园的门锁上，熄了厨房熬着的汤，再跟在荷西的后面飞奔到洗澡间去，跳得太快，几乎把荷西挤到浴缸里去，正在这时，大门已经被人砰砰地乱拍了。

"开门啊！太太，先生！开门啊！"

我们把浴室的门轻轻关上，这个声音又绕到后面卧室的窗口去叫，打着玻璃窗，热情有劲地说："开门啊！开门啊！"

这个人把所有可以张望的玻璃窗都看完了，又回到客厅大门来，她对着门缝不屈不挠地叫着："太太，开门吧！我知道你在里面，你音乐在放着嘛！开门啦，我有话对你讲。"

"收音机忘记关了！"我对荷西说。

"那么讨厌，叫个不停，我出去叫她走。"荷西拉开门预备出去。

"不能去，你弄不过她的，每次只要一讲话我们就输了！"

"你说是哪一个？"

"卖花的嘛！你听不出？"

"嘘！我不出去了。"荷西一听是这个女人，缩了脖子，坐在抽水马桶上低头看起书来，我笑着拿了指甲刀剉手指，两人躲着大气都不喘一下，任凭外面震天价响地打着门。

过了几分钟，门外不再响了，我轻手轻脚跑出去张望，回头叫了一声——警报解除——荷西才慢慢地踱出来。

这两个天不怕地不怕的人，为什么被个卖花的老太婆吓得这种样子，实在也是那人的好本事；看着房间内大大小小完全枯干或半枯的盆景，我内心不得不佩服这个了不起的卖花女，跟她交手，我们从来没有赢过。

卖花女第一次出现时，我天真地将她当做一个可怜的乡下老婆婆，加上喜欢花草的缘故，我热烈地欢迎了她，家中的大门，毫不设防地在她面前打开了。

"这盆叶子多少钱?"我指着这老婆婆放在地上纸盒里的几棵植物之一问着她。

"这盆吗?五百块。"说着她自说自话地将我指的那棵叶子搬出来放在我的桌上。

"那么贵?镇上才一百五哪!"我被她的价钱吓了一跳,不由得叫了起来。

"这儿不是镇上,太太。"她瞪了我一眼。

"可是我可以去镇上买啊!"我轻轻地说。

"你现在不是有一盆了吗?为什么还要去麻烦,咦——"她讨好地对我笑着。

"我没说买啊!请你拿回去。"我把她的花放回到她的大纸盒里去。

"好了!好了!不要再说了。"她敏捷自动地把花盆又搬到刚刚的桌上去,看也不看我。

"我不要。"我硬愣愣地再把她的花搬到盒子里去还她。

"你不要谁要?明明是你自己挑的。"她对我大吼一声,我退了一步,她的花又从盒子里飞上了桌。

"你这价钱是不可能的,太贵了嘛!"

"我贵?我贵?"她好似被冤枉似的叫了起来,这时我才知道碰到厉害的家伙了。

"太太!你年轻,你坐在房子里享福,你有水有电,你不热,你不渴,你头上不顶着这个大盒子走路,你在听音乐,煮饭,你在做神仙。现在我这个穷老太婆，什么都没有，我上门来请你买一盆花，你居然说我贵，我付了那么大的代价，只请你买一盆，你说我贵在哪里？在哪里？"她一句一句逼问着我。

"咦！你这人真奇怪，你出来卖花又不是我出的主意，这个账怎么算在我身上？"我也气了起来，完全不肯同情她。

"你不想，当然不会跟你有关系，你想想看，想想看你的生活，再想我的生活，你是买是不买我的花？"

这个女人的老脸凑近了我，可怕的皱纹都扭动起来，眼露凶光，咬牙切齿。我一个人在家，被她弄得怕得要命。

"你要卖，也得卖一个合理的价钱，那么贵，我是没有能力买的。"

"太太，我走路走了一早晨，饭也没有吃，水也没有喝，头晒晕了，脚走得青筋都起来了，你不用离开屋子一步，就可以有我送上门来的花草，你说这是贵吗？你忍心看我这样的年纪还在为生活挣扎吗？你这么年轻，住那么好的房子，你想过我们穷人吗？"

这个女人一句一句地控诉着我，总而言之，她所受的苦，都是我的错。我吓得不得了，不知自己居然是如此的罪人，我呆呆地望着她。

她穿着一件黑衣服，绑了一条黑头巾，背着一个塑胶的皮包，脸上纹路印得很深，卷发在头巾下像一把干草似的喷出来。

"我不能买，我们不是有钱人。"我仍然坚持自己的立场，再度把她的花搬回到盒子里去。

没想到,归还了她一盆,她双手像变魔术似的在大纸盒里一掏,又拿出了两盆来放在我桌上。

"跟你说,这个价钱我是买不起的,你出去吧,不要再搞了。"我板下脸来把门拉着叫她走。

"我马上就出去,太太,你买下这两盆,我算你九百块,自动减价,你买了我就走。"说着说着,她自说自话地坐了下来,她这是赖定了。

"你不要坐下,出去吧!我不买。"我扠着手望着她。

这时她突然又换了一种表情,突然哭诉起来:"太太,我有五个小孩,先生又生病,你一个孩子也没有,怎么知道有孩子穷人的苦——呜——"

我被这个人突然的闹剧弄得莫名其妙,她的苦难,在我开门看花的时候,已经预备好要丢给我分担了。

"我没有办法,你走吧!"我一点笑容都没有地望着她。

"那么给我两百块钱,给我两百块我就走。"

"不给你。"

"给我一点水。"她又要求着,总之她是不肯走。

她要水我无法拒绝她,开了冰箱拿出一瓶水和一只杯子给她。

她喝了一口,就把瓶里的水,全部去洒她的花盆了,洒完了又叹着气,硬跟我对着。

"给我一条毯子也好,做做好事,一条毯子吧!"

"我没有毯子。"我已经愤怒起来了。

"没有毯子就买花吧!你总得做一样啊!"

我叹了口气,看看钟,荷西要回来吃饭了,没有时间再跟这人磨下去,进房开了抽屉拿出一张票子来。

"拿去,我拿你一盆。"我交给她五百块,她居然不收,嘻皮笑脸地望着我。

"太太,九百块两盆,五百块一盆,你说哪一个划得来?"

"我已经买下了一盆,现在请你出去!"

"买两盆好啦!我一个早上还没做过生意,做做好事,买两盆好啦!求求你,太太!"

这真是得寸进尺,我气得脸都涨红了。

"你出去,我没有时间跟你扯。"

"咦!没有时间的人该算我才对,我急着做下面的生意,是太太你在耽搁时间,如果一开始你就买下了花,我们不会扯那么久的。"

我听她那么不讲道理,气得上去拉她。

"走!"我大叫着。

她这才慢吞吞地站起来,把装花的纸盒顶在头上,向我落落大方地一笑,说着:"谢啦!太太,圣母保佑你,再见啦!"

我砰地关上了门,真是好似一世纪以后了,这个女人跟我天长地久地纠缠了半天,到头来我还是买了,这不正是她所说的——如果一开始你就买了,我们也不会扯那么久——

总之都是我的错,她是有道理的。

拿起那盆强迫中奖的叶子,往水龙头下走去。

泥土一冲水,这花盆里唯一的花梗就往下倒,我越看越不对劲,这么小的盆子,怎么会长出几片如此不相称的大叶子来呢?

轻轻地把梗子拉一拉,它就从泥巴里冒出来了,这原来是一枝没有根的树枝,剪口犹新,明明是有人从树上剪下来再插在花盆里骗人的嘛!

我丢下了树枝,马上跑出去找这个混账,沿着马路没走多远,就看见这个女人坐在小公园的草地上吃东西,旁边还有一个三十岁左右的男人,大概是她的儿子,路边停了一辆中型的汽车,车里还有好几个大纸盒和几盆花。

"咦!你不是说走路来的吗?"我故意问她,她居然像听不懂似的泰然。

"你的盆景没有根,是怎么回事?"我看着她吃的夹肉面包问着她。

"根?当然没有根嘛!多洒洒水根会长出来的,嘻!嘻!"

"你这个不要脸的女人!"我慢慢地瞪着她,对她说出我口中最重的话来,再怎么骂人我也不会了。

我这样骂着她,她好似聋了似的仍然笑嘻嘻的,那个像她儿子的人倒把头低了下去。

"要有根的价就不同了,你看这一盆多好看,一千二,怎么不早说嘛！"

我气得转身就走，这辈子被人捉弄得团团转还是生平第一次。我走了几步，这个女人又叫了起来："太太！我下午再去你家，给你慢慢挑，都是有根的……"

"你不要再来了！"我向她大吼了一声，再也骂不出什么字来，对着这么一个老女人，我觉得像小孩子似的笨拙。

那个下午，我去寄了一封信，回来的路上碰到一个邻居太太，她问起我"糖醋排骨"的做法，我们就站在路上聊了一会儿，说完了话回来，才进门，就看见家中桌上突然又放了一盆跟早上一模一样的叶子。

我大吃一惊，预感到情势不好了，马上四处找荷西，屋子里没有人，绕到后院，看见他正拿了我早晨买下的那根树枝往泥巴地里种。

"荷西，我不是才跟你讲过白天那个女人，你怎么又会去上她的当，受她骗。她又来过了？"

"其实，她没有来骗我。"荷西叹了口气。

"她是骗子，她讲的都是假的，你……"

"她下午来没骗，我才又买下了一棵。"

"多少钱？我们在失业，你一定是疯了。"

"这个女人在你一出去就来了，她根本没有强迫我买，她只说，你对她好，给她水喝，后来她弄错了，卖了一盆没有根的叶子给你，现在她很后悔，恰好只剩下最后一盆了，所以回来半价算给我们,也算赔个礼,不要计较她。"

"多少钱?快说嘛!"

"一千二,半价六百块,以后会长好大的树,她说的。"

"你确定这棵有根?"我问荷西,他点点头。

我一手把那盆叶子扯过来,猛地一拉,这一天中第二根树枝落在我的手里,我一点都不奇怪,我奇怪的是荷西那个傻瓜把眼睛瞪得好大,嘴巴合不上了。

"你怎么弄得过她,她老了,好厉害的。"我们合力再把这第二根树枝插在后院土里,希望多洒洒水它会长出根来。

我们与这卖花女接触的第一回合和第二回合,她赢得很简单。

没过了几日,我在邻居家借缝衣机做些针线,这个卖花女闯了进来。

"啊!太太,我正要去找你,没想到你在这儿。"

她亲热地与我招呼着,我只好似笑非笑地点了点头。

"鲁丝,不要买她的,她的盆景没有根。"我对邻居太太说。

"真的?"鲁丝奇怪地转身去问这卖花女。

"有根,怎么会没有根,那位太太弄错了,我不怪她,请你信任我,哪,你看这一盆怎么样?"卖花女马上举起一盆特美的叶子给鲁丝看。

"鲁丝,不要上她的当,你拔拔看嘛!"我又说。

"给我拔拔看,如果有根,就买。"

"哎呀！太太，这会拔死的啊！买花怎么能拔的嘛！"

鲁丝笑着看着我。"不要买，叫她走。"我说着。

"没有根的，我们不买。"鲁丝说。

"好，你不信任我，我也不能拔我的花给你看。这样好了，我收你们两位太太每人两百块订金，我留下两盆花，如果照你们说的没有根，那么下星期我再来时它们一定已经枯了，如果枯了，我就不收钱，怎么样？"

这个卖花女居然不耍赖，不噜苏，那日十分干脆了当。

鲁丝与我听她讲得十分合理，各人出了两百订金，留下了一盆花。

过了四五日，鲁丝来找我，她对我说："我的盆景叶子枯了，洒了好多水也不活呢！"

我说："我的也枯了，这一回那个女人不会来了。"

没想到她却准时来了，卖花女一来就打听她的花。

"枯了，对不起，两百块钱订金还来。"我向她伸出手来。

"咦！太太，我这棵花值五百块，万一枯了，我不向你要另外的三百块，是我们讲好的，你怎么不守信用？"

"可是我有两百订金给你啊？你忘了？"

"对啊！可是我当时也有碧绿的盆景给你，那是值五百的啊！你只付了两百，便宜了你。"

我被她翻来覆去一搞，又糊涂了，呆呆地望着她。

"可是，现在谢了，枯了。你怎么说？"我问她。

"我有什么好说,我只有搬回去,不拿你一毛钱,我只有守信用。"说着这个老太婆把枯了的盆景抱走了,留下我绕着手指头自言自语,缠不清楚。

这第三回合,我付了两百块,连个花盆都没得到。

比较起所有来登门求售的,这个老太婆的实力是最凶悍的,一般男人完完全全不是她的样子。

"太太!日安!请问要鸡蛋吗?"

"蛋还有哪!过几天再来吧!"

"好!谢谢,再见!"

我注视着这些男人,觉得他们实在很忠厚,这样不纠不缠,一天的收入就差得多了。

有一次一个从来没有见过的中年男人来敲门。

"太太,要不要买锅?"他憔悴的脸好似大病的人一样。

"锅?不要,再见!"我把他回掉了。

这个人居然痴得一句话都不再说,对我点了一下头,就扛着他一大堆凸凸凹凹的锅开步走了。

我望着他潦倒的背影,突然后悔起来,开了窗再叫他,他居然没听见,我锁了门,拿了钱追出去,他已经在下一条街了。

"喂!你的锅,拿下来看看。"

他要的价钱出乎意外地低,我买了他五个大小一套的锅,也不过是两盆花的钱,给他钱时我对他说:"那么老远的走路来,可以卖得跟市场一样价嘛!"

"本钱够了，日安！"这人小心地把钱装好，沉默地走了。

这是两种全然不同的类型，我自然是喜欢后者，可是看了这些卖东西的男人，我心里总会怅怅的好一会儿，不像对待卖花女那么地干脆。

卖花女常常来我们住的一带做生意，她每次来总会在我们家缠上半天。

有一天早晨她又来了，站在厨房窗外叫："太太，买花吗？"

"不要。"我对她大叫。

"今天的很好。"她探进头来。

"好坏都不能信你，算了吧！"我仍低头洗菜，不肯开门。

"哪！送你一盆小花。"她突然从窗口递进来极小一盆指甲花，我呆住了。

"我不要你送我，请拿回去吧！"我伸出头去看她，她已经走远了，还愉快地向我挥挥手呢！

这盆指甲花虽是她不收钱的东西，却意外地开得好，一个星期后，花还不断地冒出来，我十分喜欢，小心地照顾它，等下次卖花女来时，我的态度自然好多了。

"花开得真好，这一次你没有骗我。"

"我从来没有骗过你，以前不过是你不会照顾花，所以它们枯死了，不是我的错。"她得意地说着。

"这盆花多少钱？"我问她。

"我送你的，太太，请以后替我介绍生意。"

"那不好,你做小生意怎么赔得起,我算钱给你。"我去拿了三百块钱出来,她已经逃掉了,我心里不知怎的对她突然产生了好感和歉意。

过了几日,荷西回家来,一抬头发觉家里多了一大棵爬藤的植物,吓了一大跳。

"三毛!"

"不要生气,这次千真万确有根的,我自动买下的。"我急忙解释着。

"多少钱?"

"她说分期付,一次五百,分四次付清。"

"小鱼钓大鱼,嗯!送一盆小的,卖一盆特大的。"荷西抓住小盆指甲花,作势把它丢到墙上去。

我张大了嘴,呆看着荷西,对啊!对啊!这个人还是赚走了我的钱,只是换了一种手腕而已,我为什么早没想到呀!对啊!

"荷西,我们约法三章,这个女人太厉害,她来,一不开门,二不开窗,三不回话;这几点一定要做到,不然我们是弄不过她的,消极抵抗,注意,消极抵抗,不要正面接触。"我一再地叮咛荷西和自己。

"话都不能讲吗?"

"不行。"我坚决地说。

"我就不信这个邪。"荷西喃喃地说。

星期六下午,我在午睡,荷西要去邻家替一位太太修洗衣机,他去了好久,回来时手上又拿了一盆小指甲花。

"啊!英格送你的花?"我马上接过来。

荷西苦笑地望着我,摇摇头。

"你——?"我惊望着他。

"是,是,卖花女在英格家,唉——"

"荷西,你是白痴不成?"我怒喝着。

"我跟英格不熟,那个可怜的老女人,当着她的面,一再地哭穷,然后突然向我走来,说要再送我一小盆花,就跟她'一向'送我们的一样。"

"她说——一向——?"我问荷西。

"你想,我怎么好意思给英格误会,我们在占这个可怜老女人的便宜,我不得已就把钱掏出口袋了。"

"荷西,我不是一再告诉你不要跟她正面接触?"

"她今天没有跟我接触,她在找英格,我在修洗衣机,结果我突然输得连自己都莫名其妙。"

"你还敢再见这个世界上最伟大的推销员吗?荷西?"我轻轻地问他。

荷西狠狠地摇摇头,恐怖地反身把大门锁起来,悄悄地往窗外看了一眼,也轻轻地问着我:"我们敢不敢再见这个天才?"

我大喊着:"不敢啦!不敢啦!"一面把头抱起来不去看窗外。

从那天起,这个伟大的卖花女就没有再看到过我们,倒是我们,常常在窗帘后面发着抖景仰着她的风采呢!

守望的天使

耶诞节前几日,邻居的孩子拿了一个硬纸做成的天使来送我。

"这是假的,世界上没有天使,只好用纸做。"汤米把手臂扳住我的短木门,在花园外跟我谈话。

"其实,天使这种东西是有的,我就有两个。"我对孩子眨眨眼睛认真地说。

"在哪里?"汤米疑惑好奇地仰起头来问我。

"现在是看不见了,如果你早认识我几年,我还跟他们住在一起呢!"我拉拉孩子的头发。

"在哪里?他们现在在哪里?"汤米热烈地追问着。

"在那边,那颗星的下面住着他们。"

"真的,你没骗我?"

"真的。"

"如果是天使,你怎么会离开他们呢?我看还是骗人的。"

"那时候我不知道，不明白，不觉得这两个天使在守护着我，连夜间也不阖眼地守护着呢！"

"哪有跟天使在一起过日子还不知不觉的人？"

"太多了，大部分都像我一样地不晓得哪！"

"都是小孩子吗？天使为什么要守着小孩呢？"

"因为上帝分小孩子给天使们之前，先悄悄地把天使的心装到孩子身上去了，孩子还没分到，天使们一听到他们孩子心跳的声音，都感动得哭了起来。"

"天使是悲伤的吗？你说他们哭着？"

"他们常常流泪的，因为太爱他们守护着的孩子，所以往往流了一生的眼泪。流着泪还不能擦啊，因为翅膀要护着孩子，即使是一秒钟也舍不得放下来找手帕，怕孩子吹了风淋了雨要生病。"

"你胡说的，哪有那么笨的天使。"汤米听得笑了起来，很开心地把自己挂在木栅上晃来晃去。

"有一天，被守护着的孩子总算长大了，孩子对天使说——要走了。又对天使们说——请你们不要跟着来，这是很讨人嫌的。"

"天使怎么说？"汤米问着。

"天使吗？彼此对望了一眼，什么都不说，他们把身边最好最珍贵的东西都给了要走的孩子，这孩子把包袱一背，头也不回地走了。"

"天使关上门哭着是吧？"

"天使们哪里来得及哭，他们连忙飞到高一点的地方去看孩子，孩子越走越快，越走越远，天使们都老了，还是挣扎着拼命向上飞，想再看孩子最后一眼。孩子变成了一个小黑点，渐渐地，小黑点也看不到了，这时候，两个天使才慢慢地飞回家去，关上门，熄了灯，在黑暗中静静地流下泪来。"

"小孩到哪里去了？"汤米问。

"去哪里都不要紧，可怜的是两个老天使，他们失去了孩子，也失去了心，翅膀下没有了要他们庇护的东西，终于可以休息休息了。可是撑了那么久的翅膀，已经僵了，硬了，再也放不下来了。"

"走掉的孩子呢？难道真不想念守护他的天使吗？"

"啊！刮风、下雨的时候，他自然会想到有翅膀的好处，也会想念得哭一阵呢！"

"你是说，那个孩子只想念翅膀的好处，并不真想念那两个天使本身啊？"

为着汤米的这句问话，我呆住了好久好久，捏着他做的纸天使，望着黄昏的海面说不出话来。

"后来也会真想天使的。"我慢慢地说。

"什么时候？"

"当孩子知道，他永远回不去了的那一天开始，他会日日夜夜地想念着老天使们了啊！"

179

"为什么回不去了?"

"因为离家的孩子,突然在一个早晨醒来,发现自己也长了翅膀,自己也正在变成天使了。"

"有了翅膀还不好,可以飞回去了!"

"这种守望的天使是不会飞的,他们的翅膀是用来遮风蔽雨的,不会飞了。"

"翅膀下面是什么?新天使的工作是不是不一样啊?"

"一样的,翅膀下面是一个小房子,是家,是新来的小孩。是爱,也是眼泪。"

"做这种天使很苦!"汤米严肃地下了结论。

"是很苦,可是他们以为这是最最幸福的工作。"

汤米动也不动地盯住我,又问:"你说,你真的有两个这样的天使?"

"真的。"我对他肯定地点点头。

"你为什么不去跟他们在一起?"

"我以前说过,这种天使们,要回不去了,一个人的眼睛才亮了,发觉原来他们是天使,以前是不知道的啊!"

"不懂你在说什么!"汤米耸耸肩。

"你有一天大了就会懂,现在不可能让你知道的。有一天,你爸爸,妈妈——"

汤米突然打断了我的话,他大声地说:"我爸爸白天在银行上班,晚上在学校教书,从来不在家,不跟我们玩;我妈妈一天到晚在洗衣煮饭扫地,又总是在骂我们这些小孩,我的爸爸妈妈一点意思也没有。"

说到这儿,汤米的母亲站在远远的家门,高呼着:"汤米,回来吃晚饭,你在哪里?"

"你看,噜不噜苏,一天到晚找我吃饭,吃饭,讨厌透了。"

汤米从木栅门上跳下来,对我点点头,往家的方向跑去,嘴里说着:"如果我也有你所说的那两个天使就好了,我是不会有这种好运气的。"

汤米,你现在不知道,你将来知道的时候,已经太晚了。

相思农场

电视机里单调的报数声已经结束了,我的心跳也回复了正常,站起来,轻轻地关上电视,房间内突然的寂静使得这特别的夜晚更没有了其他的陪衬。

"去睡了。"我说了一声,便进卧室去躺下来,被子密密地将自己盖严,双眼瞪着天花板发呆。

窗外的哭柳被风拍打着,夜显得更加地无奈而空洞,廊外的灯光黯淡地透过窗帘,照着冰冷的浅色的墙,又是一般的无奈,我趴在枕上,叹了口气,正把眼睛阖上,就听见前院的木栅被人推开的声音。

"荷西!三毛!"是邻居英格在喊我们。

"嘘,轻一点,三毛睡下了。"又听见荷西赶快开了客厅的门,轻轻地说。

"怎么那么早就上床了?平日不是总到天亮才睡下的?"英格轻轻地问。

"不舒服。"荷西低低地说。

"又生病了？"惊呼的声音压得低低的。

"没事，明天就会好的。"

"什么病？怎么明天一定会好呢？"

"进来吧！"荷西拉门的声音。

"我是来还盘子的，三毛昨天送了些吃的来给孩子们。"

"怎么病的？我昨天看她蛮好的嘛！"英格又问。

"她这病颠颠倒倒已经七八天了，今天最后一天，算准了明天一定好。"

"怎么了？"

"心病，一年一度要发的，准得很。"

"心脏病？那还了得！看了医生没有？"

"不用，嘿！嘿！"荷西轻轻笑了起来。

"心脏没病，是这里——相思病。"荷西又笑。

"三毛想家？"

"不是。"

"难道是恋爱了？"英格好奇的声音又低低地传来。

"是在爱着，爱得一塌糊涂，不吃，不睡，哭哭笑笑，叹气摇头，手舞足蹈，喜怒交织，疯疯癫癫弄了这好几日，怎么不病下来。"

"荷西，她这种样子，不像是在爱你吧？"英格又追问着。

"爱我？笑话，爱我——哈——哈——哈！"

"荷西，你真奇怪，太太移情别恋你还会笑。"

"没关系，今天晓得失恋了，已经静静去睡了，明天会醒的。"

"这样每年都发一次？你受得了吗？"

"她爱别的。"荷西简单地说。

"看你们平日感情很好，想不到——"

"英格，请不要误会，三毛一向不是个专情的女人，不像你，有了丈夫孩子就是生命的全部。她那个人，脑子里总是在跑野马，我不过是她生命里的一小部分而已。"

"也许我不该问，三毛发狂的对象是每年一换还是年年相同的呢？"

"啊！她爱的那个是不换的，冬天一到，她就慢慢痴了，天越冷越痴，到了最后几天，眼看美梦或能成真，就先喜得双泪交流，接着一定是失恋，然后她自己去睡一下，一夜过去，创伤平复，就好啦！再等明年。"

"哪有那么奇怪的人，我倒要——"

"坐下来喝一杯再走吧！要不要点樱桃酒？"

"不会吵到三毛吗？"英格低声说。

"不会，这时候一定沉沉睡去了，她这七八天根本没睡过觉，硬撑着的。"

"其实，三毛的确是爱得神魂颠倒，对象可不是人，英格，你大概误会了。"荷西又说。

"可是——你说得那么活龙活现——我自然——"

"唉！那个东西弄得她迷住了心，比爱一个人还可怕呢！"

"是什么东西？"

"七千五百万西币。"（注：五千万台币。）

"在哪里？"英格控制不住，尖叫起来。

"你看我——"英格又不好意思地在抱歉着。

"事情很简单，三毛每年一到耶诞节前，她就会把辛苦存了一年的铜板都从扑满里倒出来，用干净毛巾先擦亮，数清楚，再用白纸一包一包像银行一样扎起来，只差没有去亲吻膜拜它——"

"要买礼物送你？"

"不是，你听我讲下去——她什么也不舍得买的，吃的，穿的从来不讲究，放着那一堆铜板，连个四百块钱的奶油蛋糕也不肯买给我。一年存了快一万块，三个扑满胀得饱饱的，这下幻想全都生出来了，拿个小计算机，手指不停地在上面乱点——"

"做什么？不是数出来近一万块了吗？"

"买奖券，那堆钱，是三毛的鱼饵，只肯用来钓特奖的，看得死紧。"

"那个小计算机是她算中奖或然率的，一算可以算出成千上万的排列来。开奖前一天，凑足了一万，拖了我直奔奖券行。这时候她病开始显明地发出来了，脸色苍白，双腿打抖，她闭上眼睛，把我用力推进人群，一句话也不说，等在外面祷告，等我好不容易抢到十张再挤出来,她啊——"

"她昏倒了?"

"不是——她马上把那一大卷写在干净卫生纸上的数目字拿出来对,看看有没有她算中的号码在内,反正写了满天星斗那么多的数字,总会有几个相似的。她也真有脸皮,当着众人就拿起奖券来亲,亲完了小心放进皮包里。"

"不得了,认真的啦!"

"认真极了。我对她说——三毛,如果你渴慕真理也像渴慕钱财这样迫切,早已成了半个圣人了,你知道她怎么说?"

"她说——奖券也是上帝允许存在的一种东西,金钱是上帝教给世人的一种贸易工具,不是犯法的,而且,钱是世界上最性感、最迷人、最不俗气的东西。只是别人不敢讲,她敢讲出来而已。"

屋外传来英格擤鼻涕的声音,想来她被荷西这一番嚼舌,感动得流泪了吧!

"你说到她买了奖券——"英格好似真哭了呢,鼻音忽然重了。

"哪里是奖券,她皮包里放的那十张花纸头,神志不清,以为是一大片农场放在她手里啦!"

"农场?"

"我跟三毛说,就算你中了特奖七千五百万,这点钱,在西班牙要开个大农场还是不够的。"

"原来要钱是为了这个。"

"三毛马上反过来说啦——谁说开在西班牙的,我问过费洛尼加的先生了,他们在南美巴拉圭做地产生意,我向他们订了两百公顷的地,耶诞节一过就正式给回音——"

"这是三毛说的?"

"不止哪——从那时候起,每天看见隔壁那个老园丁就发呆,又自言自语——不行,太老了,不会肯跟去——随便什么时候进屋子,三毛那些书又一年一度地搬出来了——畜牧学、兽医入门、牧草种植法——都摊在巴拉圭那张大地图上面,她人呢,就像个卧佛似的,也躺在地图上。"

"拉她出去散散步也许会好,给风吹吹会醒过来的。"英格在建议着。

"别说散步了,海边她都不肯去了。相反的,绕着大圈子往番茄田跑,四五里路健步如飞;每天蹲在番茄田加纳利人那幢小房子门口,跟人家谈天说地,手里帮忙捣着干羊粪做肥料,一蹲蹲到天黑不会回来。"

"跟乡下人说什么?"

"你说能在说什么——谈下种、收成、虫害、浇肥、气候、土壤——没完没了。"

"她以为马上要中奖了?"

"不是'以为',她心智已经狂乱了,在她心里,买地的钱,根本重沉沉地压在那里,问题是怎么拿出来用在农场上而已——

还说啊——荷西,那家种番茄的人我们带了一起去巴拉圭,许他们十公顷的地,一起耕一起收,这家人忠厚,看不错人的——我听她那么说,冷笑一声,说——你可别告诉我,船票也买好了吧?这一问,她马上下床跑到书房去,在抽屉里窸窸窣窣一摸。再进来,手里拿了好几张船公司的航线表格,我的老天爷——"

"都全了?"

"怎么不全,她说——意大利船公司一个月一班船,德国船公司,两个月也有一次,二等舱一个人四百美金管伙食。到阿根廷靠岸,我们再带两辆中型吉普车,进口税只百分之十二;如果是轿车,税要百分之一百二十;乳牛经过阿根廷去买,可以在巴拉圭去交牛——这都是她清清楚楚讲的。"荷西说。

"病得不轻,你有没有想过送她去看心理医生?"

"哪里来得及去请什么医生。前两天,我一不看好她,再进房子来,你知道她跟谁坐在我们客厅里?"

"谁?医生?"

"医生倒好啰!会请医生的就不是病人啦!上条街那个卖大机器给非洲各国的那个德国商人,被她请来了家里,就坐在这把沙发上。"

"三毛去请的?"

"当然啦!急诊似的去叫人家,两个人叽叽喳喳讲德文,我上去一看,满桌堆了铲土机的照片和图样,三毛正细心在挑一架哪!一千七百万的机器,三毛轻轻拿在手里玩。'三毛,我们不要铲土机,家里这三四坪地,用手挖挖算啦!'我急着说。'奇怪,荷西先生,您太太说,两百公顷的原始林要铲清楚,我们正在研究交货地点呢,怎么会不需要?'那个德国商人狠狠地瞪着我,好似我要毁了他到手的生意似的。"荷西的声音越说越响。

"耶诞节一过,就给您回音,如果交易不成,明年还有希望——三毛就有那个脸对陌生人说大话。我在一旁急得出汗,不要真当她神经病才好。"荷西叹着气对英格倾诉着。

"她热恋着她的特奖奖券,自己不肯睡,夜间也不给旁人睡,刚刚闭上眼,她啪一下打人的脸——荷西,小发电机是这里带去,还是那边再买——睡了几秒钟,她又过来拔胡子——种四十公顷无子西瓜如何?南美有没有无子西瓜——我被她闹不过,搬去书房;她又敲墙壁——二十头乳牛,要吃多少公顷的牧草?牛喝不喝啤酒?听不听音乐?猪养不养?黑毛的好还是白毛的好?

"这个人日日夜夜谈她的农场,奖券密封在一个瓶子里,瓶子外面再包上塑胶袋,再把澡缸浸满了水,瓶子放在水里。不开奖不许洗澡,理由是——这样失火了也不会烧掉七千五百万——"

"疯得太厉害了,我怎么不知道?"英格惊吓得好似要逃走一般。

"前几天,米蓝太太要生产,半夜把我叫起来,开车进城,医院回来都快天亮了,我才把自己丢进梦乡,三毛又拼命拿手指掐着我,大叫大嚷——母牛难产了,快找兽医——

"还得养鸽子。有一日她花样又出,夜间又来跟我讲——那种荒山野地里,分一些鸽子去给兽医养,养驯了我们装回来,万一动物有了病痛,我们一放鸽子,飞鸽传书,兽医一收到信,马上飞车来救牛救羊,这不要忘了,先写下来——"

"啧!啧!疯子可见也有脑筋!"英格叹息着。

"咦!请你不要叫她疯子,三毛是我太太,这么叫我是不高兴的哦!"荷西突然护短起来。

"明明是——怎么只许你说,不许别人叫?"

"你听我讲嘛!"

"是在听着啊!说啊!"

"再说什么?嗳!她这几天说太多了,我也记不全,还说中文哪,什么——红玉堂,赤花鹰,霹雳骦,雪点雕——"

"这是什么东西?"

"我也问她啊——这是什么东西?她看也不看我,脸上喜得要流泪似的说——马啊!连马也没听说过吗?都是我的马儿啊!

"人是发痴了,心是不呆,台湾家人,马德里我的兄弟们都还记得。她说——弟弟们不要做事了,去学学空手道,这两家人全部移民巴拉圭,农场要人帮忙,要人保护。十枝火枪,两个中国功夫巡夜;姐姐喂鸡,妈妈们做饭,爸爸们管账兼管我们;又叫——荷西,荒地上清树时,留下一棵大的来,做个长饭桌,人多吃饭要大桌子,妈妈的中国大锅不要忘了叫她带来——"

"不得了,胡言乱语,弥留状态了嘛!"

"人之将死,其言也善——三毛,是个可爱的女人。"

"荷西,这相思病会死吗?"

"怕的是死不了,这明年再一开奖,她棺材里也蹦出来抢奖券哦!"

"如果要心理医生,我倒认识一个,收费也合理——"

"医生来了也真方便,她的病,自己清清楚楚画出来了,在这儿,你看。"

"啊!这原来是农场蓝图啊?我以为是哪家的小孩子画在你们白墙上的。"

"房子在小坡上,一排都是木造的,好几十间。牛房猪舍在下风的地方,鸡隔开来养,怕鸡瘟。进农场的路只有一条。这个她放四把火枪,叫我大哥守。仓库四周不种东西,光光的一片,怕失火烧了麦子。这几十公顷是种玉米,那边是大豆,牧草种在近牛栏的地方,水道四通八达,小水坝拦在河的上游,果树在房子后面,地道通到农场外面森林里,狗夜间放出来跟她弟弟们巡夜,菜蔬是不卖的,只种自己要吃的,马厩夜间也要人去睡,羊群倒是不必守,有牧羊犬——"

"天啊!中了特奖不去享受,怎么反而弄出那么多工作来,要做农场的奴隶吗?"

"咦!农场也有休闲的时候。黄昏吃过饭了,大家坐在回廊上,三毛说,让姐姐去弹琴,她呢,坐在一把摇椅上,换一件白色露肩的长裙子,把头发披下来,在暮色里摇啊摇啊地听音乐,喝柠檬汁;楼上她妈妈正伸出半个身子在窗口叫她——妹妹,快进来,不要着凉了啊——"

"好一幅——乱世佳人的图画——"

"就是,就是——"荷西沉醉的声音甜蜜缓慢地传来。

"你们什么时候去?三毛怎么也不叫我?我们朋友一场,有这样的去处,总得带着我们一起——"

听到这儿,我知道我的相思病已经传染到英格了。匆匆披衣出来一看,荷西与英格各坐一把大沙发,身体却像在坐摇椅似的晃着晃着,双目投向遥远的梦境,竟是痴了过去。

我不说话,去浴室拿了两块湿毛巾出来,一人额上一块替他们放好;打开收音机,电台也居然还在报中奖的号码。

回头看荷西,他正将一个五十块钱的铜板轻轻地丢进扑满里去。

这时收音机里改放了音乐,老歌慢慢地飘散出来——三个喷泉里的镍币,每一个都在寻找希望——

痴人说梦,在我们的家里,可不是只有我这一个。

巨人

第一次看见达尼埃是在一个月圆的晚上，我独自在家附近散步，已经是夜间十点多钟了。当我从海边的石阶小步跑上大路预备回去时，在黑暗中，忽然一只大狼狗不声不响地往我唬一下扑了上来，两只爪子刷一下搭在我的肩膀上，热呼呼的嘴对着我还咻咻地嗅着，我被这突然的惊吓弄得失去控制地尖叫了起来，立在原地动也不敢动。人狗僵持了几秒钟，才见一个人匆匆地从后面赶上来，低低地喝叱了一声狗的名字，狗将我一松，跟着主人走了，留下我在黑暗中不停地发抖。

"喂！好没礼貌的家伙，你的狗吓了人，也不道个歉吗？"我对着这个人叫骂着，他却一声不响地走了。再一看，是个孩子的背影，一头卷发像棵胡萝卜似的在月光下发着棕红的颜色。

"没教养的小鬼！"我又骂了他一句，这才迈步跑回去。"是谁家的红发男孩子，养着那么一只大狼狗。"在跟邻居聊天时无意间谈起，没有人认识他。

有一阵我的一个女友来问我："三毛，上条街上住着的那家瑞士人家想请一个帮忙的，只要每天早晨去扫扫地，洗衣服，中午的饭做一做，一点钟就可以回来了，说是付一百五十美金一个月，你没孩子，不如去赚这个钱。"

我当时自己也生着慢性的妇人病，所以对这份差事并不热心，再一问荷西，他无论如何不给我去做，我便回掉了那个女友。瑞士人是谁我并不知道。

再过了不久，我入院去开刀，主治医生跟我谈天，无意中说起："真巧，我还有一个病人住在你们附近，也真是奇迹，去年我看她的肝癌已经活不过三四个月，他们一家三口拼死了命也要出院回家去聚在一起死，现在八九个月过去了，这个病人居然还活着。苦的倒是那个才十二岁的孩子，双腿残废的父亲，病危的母亲，一家重担，都叫他一个人担下来了。"

"你说的是哪一家人啊！我怎么不认识呢？"

"姓胡特，瑞士人，男孩子长了一头红发，野火似的。"

"啊——"荷西与我恍然大悟地喊了起来，怎么会没想到呢，自然是那个老是一个人在海边的孩子嘛。

知道了胡特一家人，奇怪的是就常常看见那个孩子，无论是在市场、在邮局、在药房，都可以碰见他。

"喂！你姓胡特不是？"有一天我停住了车，在他家门口招呼着他。

他点点头，不说话。

"你的狗怪吓人的啊!"他仍不说话,我便预备开车走了。

这时候院子里传来一个女人的声音:"达尼埃,是谁在跟你说话啊?"

这孩子一转身进去了,我已发动了车子,门偏偏又开了。

"等一等,我母亲请你进去。"

"下次再来吧!我们就住在下面,再见!"

第二天下午,窗子被轻轻地敲了一下,红发孩子低头站着。

"啊!你叫达尼埃是不?进来!进来!"

"我父亲、母亲在等你去喝茶,请你去。"他是有板有眼地认真,不再多说一句闲话。

"好,你先回去,我马上就来。"

推门走进了这家人的大门,一股不知为什么的沉郁的气氛马上围上来了,空气亦是不新鲜,混合着病人的味道。

我轻轻地往客厅走去,两个长沙发上分别躺着中年的一男一女,奇怪的是,极热的天气,屋内还生着炉火。

"啊!快过来吧!对不起,我们都不能站起来迎接你。"

"我们姓葛罗,你们是胡特不是?"我笑着上去跟两个并排躺着的中年男女握握手。

"请坐,我们早就知道你了,那一阵想请你来帮忙,后来又说不来了,真是遗憾!"主妇和蔼地说着不太流畅的西班牙文,她说得很慢,脸孔浮肿,一双手也肿得通红的,看了令人震惊。

"我自己也有点小毛病,所以没有来——而且,当时不知道您病着。"我笑了笑。

"现在认识了,请常常来玩,我们可以说没有什么朋友。"

男主人用毛毯盖着自己,一把轮椅放在沙发旁边,对我粗声粗气地说着。

"来,喝点茶,彼此是邻居,不要客气。"主妇吃力地坐了起来,她肿胀得有若怀胎十月的腹部在毯子下露了出来。

这时达尼埃从厨房里推着小车子,上面放满了茶杯、茶壶、糖缸、牛奶、点心和纸餐巾,他将这些东西像一个女孩子似的细心地放在小茶几上。

"太麻烦达尼埃了。"我客气地说。

"哪里,你不来,我们也一样要喝下午茶的。"

男主人不喝茶,在我逗留的短短的四十分钟里,他喝完了大半瓶威士忌,他的醉态并不显著,只是他呼喝着儿子的声音一次比一次粗暴起来。

"对不起,尼哥拉斯嗓门很大,你第一次来一定不习惯。"女主人鲁丝有点窘迫地说,又无限怜爱地看了一眼正在忙来忙去的儿子。

"我先生有时候也会大叫的,鲁丝,请你不要介意。"我只好这么说,自己也有些窘迫,因为我突然看到尼哥拉斯用力拿叉子往达尼埃丢过去,那时我便站起来告辞了。

认识了胡特一家之后,达尼埃常常来叫我,总说去喝茶,我因为看过好几次尼哥拉斯酒后对达尼埃动粗,心中对这个残废的人便不再同情，很不喜欢去。

"他总是打达尼埃，看了好不舒服。"我对荷西说着。

"你想想看，十二年坐轮椅，靠着点救济金过日子，太太又生了肝癌，他心情怎么会好。"

"就是因为十二年了，我才不同情他。残而不废，他有手、有脑，十二年的时间不能振作起来，老是喝酒打孩子，难道这样叫面对现实吗？"

"达尼埃那个孩子也是奇怪，不声不响似的，好似哑巴一样，实在不讨人喜欢，只有鲁丝真了不起，每天都那么和蔼，总是微笑着。"我又说着。

有一天不巧我们又在市场碰见了达尼埃，双手提满了重沉沉的食物要去搭公共汽车，荷西按按喇叭将他叫过来。

"一起回去，上来啊！"

达尼埃将大包小包丢进车内来，一罐奶油掉了出来。

"啊，买了奶油，谁做蛋糕？妈妈起不来嘛！"我顺口问着。

"妈妈爱吃，我做。"总是简单得再不能短的回答。

"你会做蛋糕？"

他骄傲地点点头，突然笑了一下，大概是看见了我脸上不敢相信的表情吧。

"你哪来的时间？功课多不多？"

"功课在学校休息吃饭时间做。"他轻轻地说。

"真是不怕麻烦，做奶油蛋糕好讨厌的。"我啧啧地摇着头。

"妈妈爱吃,要做。"他近乎固执地又说了一次。

"你告诉妈妈,以后她爱吃什么,我去做,你有时间跟荷西去玩玩吧,我不能天天来,可是有事可以帮忙。"

"谢谢!"达尼埃又笑了笑。我呆望着他一头乱发,心里想着,如果我早早结婚,大概也可能有这么大的孩子了吧!

那天晚上达尼埃送来了四分之一的蛋糕。

"很好。不得了,达尼埃,你真能干。"我尝了一小块,从心里称赞起他来。

"我还会做水果派,下次再做给你们吃。"他喜得脸都红了,话也多了起来。

过了一阵,达尼埃又送了一小篮鸡蛋来。

"我们自己养的鸡生的,母亲叫我拿来。"

"你还养鸡?"我们叫了起来。

"在地下室,妈妈喜欢养,我就养。"

"达尼埃,工作不是太多了吗?一只狗,十三只猫,一群鸡,一个花园,都是你在管。"

"妈妈喜欢。"他的口头语又出来了。

"妈妈要看花。"他又加了一句。

"太忙了。"荷西说。

"不忙!再见。"说完他半跑地回去了。

达尼埃清早六点起床,喂鸡、扫鸡房、拾蛋、把要洗的衣服泡在洗衣机里、喂猫狗、预备父母的早饭、给自己做中午的三明治、打扫房屋,这才走路去搭校车上学。下午五点回来,放下书包,跟了我们一同去菜场买菜,再回家,马上把干的衣服收下来,湿的晾上去,预备母亲的午茶,再去烫衣服,洗中午父母吃脏的碗筷,做晚饭,给酒醉的父亲睡上床,给重病的母亲擦身,再预备第二日父母要吃的中饭,这才带狗去散步。能上床,已是十二点多了,他的时间是密得再也不够用的,睡眠更是不够。一个孩子的娱乐,在他,已经是不存在的了。

有时候晚上有好的电影,我总是接下了达尼埃的工作,叫荷西带他去镇上看场电影,吃些东西,逛一逛再回来。

"真搞不过他,下次不带他去了。"荷西有一日跟达尼埃夜游回来后感喟地说着。

"怎么?顽皮吗?"

"顽皮倒好了,他这个小孩啊,人在外面,心在家里,一分一秒地记挂着父亲母亲,叫他出去玩,等于是叫他去受罪,不如留着他守着大人吧!"

"人说母子连心,母亲病得这个样子,做儿子的当然无心了,下次不叫他也罢,真是个苦孩子。"

前一阵鲁丝的病况极不好,送去医院抽腹水,住了两夜。尼哥拉斯在家里哭了整整两天,大醉大哭,达尼埃白天在学校,晚上陪母亲,在家的父亲他千托万托我们,见了真令人鼻酸。鲁丝抽完了腹水,又拖着气喘喘地回来了。

鲁丝出院第二日,达尼埃来了,他手里拿了两千块钱交给我。

"三毛,请替我买一瓶香奈尔五号香水,明天是妈妈生日,我要送她。"

"啊!妈妈生日,我们怎么庆祝?"

"香水,还有,做个大蛋糕。"

"妈妈能吃吗?"我问他,他摇摇头,眼睛忽一下红了。

"蛋糕我来做,你去上学,要听话。"我说。

"我做。"他不再多说,返身走了。

第二日早晨,我轻轻推开鲁丝家的客厅,达尼埃的蛋糕已经静静地放在桌上,还插了蜡烛,他早已去上学了。

我把一个台湾玉的手镯轻轻地替鲁丝戴在手腕上,她笑着说:"谢谢!"

那天她已不能再说话了,肿胀得要炸开来的腿,居然大滴大滴地在渗出水来,吓人极了。

"鲁丝,回医院去好不好?"我轻轻地问她。

她闭着眼睛摇摇头:"没有用的,就这几天了。"

坐在一旁看着的尼哥拉斯又唏唏地哭了起来,我将他推到花园里去坐着,免得吵到已经气如游丝的鲁丝。

当天我一直陪着鲁丝,拉着她的手直到达尼埃放学回家。那一整夜我几乎没有睡过,只怕达尼埃半夜会来拍门,鲁丝铅灰色的脸已经露出死亡的容貌来。

早晨八点半左右,我正矇眬地睡去,听见荷西在院里跟人说话的声音,像是达尼埃。

我跳了起来,趴在窗口叫着:"达尼埃,怎么没上学?是妈妈不好了?"

达尼埃污脏的脸上有两行干了的泪痕,他坐在树下,脸上一片茫然。

"鲁丝昨天晚上死了。"荷西说。

"什么?死啦!"我叫了起来,赶紧穿衣服,眼泪蹦了出来,快步跑出去。

"人呢?"我跺着脚问着达尼埃。

"还在沙发上。"

"爸爸呢?"

"喝醉了,没有叫醒他,现在还在睡。"

"什么时候死的?"

"昨晚十一点一刻。"

"怎么不来叫我们?"我责问他,想到这个孩子一个人守了母亲一夜,我的心绞痛起来。

"达尼埃,你这个晚上怎么过的?"我擦着泪水用手摸了一下他的乱发,他呆呆的像一个木偶。

"荷西,你去打电话叫领事馆派人来,我跟达尼埃回去告诉尼哥拉斯。"

"荷西,先去给爸爸买药,叫医生,他心脏不好,叫了医生来,再来摇醒他。"

达尼埃镇静得可怕,他什么都想周全了,比我们成年人还要懂得处理事情。

"现在要顾的是父亲。"他低声说着。

鲁丝在第二天就下葬了,棺木依习俗是亲人要抬,达尼埃和荷西两个人从教堂抬到不远的墓地。

达尼埃始终没有放声地哭过,只有黄土一铲一铲丢上他母亲的棺木时,他静静地流下了眼泪。

死的人死了,生的人一样继续要活下去,不必达尼埃说,我们多多少少总特别地在陪伴不能行动的尼哥拉斯,好在他总是酒醉着,酒醒时不断地哭泣,我倒情愿他醉了去睡。

尼哥拉斯总是夜间九点多就上床了,鲁丝死了,达尼埃反倒有了多余的时间到我们家来,夜间一同看电视到十一点多。

"达尼埃,你长大了要做什么?"我们聊天时谈着。

"做兽医。"

"啊!喜欢动物,跟妈妈一样。"

"这附近没有兽医,将来我在这一带开业。"

"你不回瑞士去?"我吃惊地问。

"这里气候对爸爸的腿好,瑞士太冷了。"

"你难道陪爸爸一辈子?"

他认真而奇怪地看了我一眼,倒令我觉得有点羞愧。

"我是说,达尼埃,一个人有一天是必须离开父母的,当然,你的情形不同。"

他沉默了好一阵,突然说:"其实,他们不是我亲生的父母。"

"你说什么?"我以为我听错了。

"我是领来的。"

"你什么时候知道这个秘密的?不可能,一定是弄错了。"我骇了一跳。

"不是秘密,我八岁才从孤儿院被领出来的,已经懂事了。"

"那——你——你那么爱他们,我是说,你那么爱他们。"

我惊讶地望着这个只有十二岁的小孩子,震撼得说不出别的话来。

"是不是自己父母,不都是一样?"达尼埃笑了一笑。

"是一样的,是一样的,达尼埃。"

我喃喃地望着面前这个红发的巨人,觉得自己突然渺小得好似一粒芥草。

附录一　同在撒哈拉

看完我的朋友上温汤隆在沙漠中的日记，我的心情就如同奔腾的海浪一般，久久、久久不能平复。认识这个青年人的时候，他已经永远长睡在我的第二故乡"撒哈拉大沙漠"里了，为什么称呼一个不曾谋面的青年人为"我的朋友"，在我是有很多理由的。

撒哈拉威们一再地说——那些喜爱安乐生活、美味食物和喜欢跟女人们舒舒服服过日子的人，是不配来沙漠的——我虽然是一个女子，可是我能够深深体会到为什么这片荒寂得寸草不生的世界最大沙漠的居民，会说出这样的句子来。

当年的我，四年前吧！抱着与上温汤一样的情怀离开了居住的欧洲到北非去，当时我亦是希望以自己有限的生命，在生与死的极限之下，在这片神秘的土地上去赌一赌自己的青春，可惜的是，以我的体力和财力，我只能用吉普车纵横了两次撒哈拉，平日定居在西属撒哈拉时，跟着送水车，在方圆三千里的地方，做了一些××的旅行，横渡沙漠的梦想我不是没有，只是我犹豫了两年，在定居沙漠的那么久的时间里，始终不能有勇气和毅力去实现这个计划，而我的朋友上温汤却接受了这一个对自己的挑战，几乎在同一个时间里，他踏上了征途。

许多时候，朋友写信问我，人间的青山绿地、名城古迹比比皆是，为什么我在旅行了数十个国家之后，竟然选择了那片没有花朵的荒原做了我的第二故乡？我试着向朋友解释我的心情和理由，只是即使是我讲了，恐怕也不会有什么人真正地了解我吧！

十年前离家到现在，旅行的目的，在我岂止是游山玩水，赏心乐事。如果一个青年人旅行的目的，只是如此而已，那么亦是十分地羞愧了，不值得夸耀于万一。

上温汤的日记，替我写出了去撒哈拉的理由，我们不约而同地向沙漠出发，不只是受到沙漠的魅惑去冒险，不只是为了好奇心的引发，真正要明白的，是自己，在那一片艰苦得随时可以丧失性命的险恶环境下，如何用自己的勇气、大智慧去克服；面对那不能逃避的苦难，生命的意义，在那样不屈服的挑战下才能显出它的光辉来。

上温汤在他二十二岁的年纪，已经几度从撒哈拉，旅行了数十个国家，从他的日记上看来，他是一个有头脑，有理智，有大智慧、大勇气的青年，他敢于只身一人，骑着一匹骆驼，带着少数的食物开始这一个伟大而有信心的长程。在我一个认识沙漠面貌的居民看来，是何等令人心惊的勇敢啊！沙漠的风暴，白日的高温，夜间的寒冷，地势的不可预测，以我笨拙的笔是无法形容于万一的。

上温汤拉着骆驼在大漠里只身踽踽独行的身影令我一生难忘，可是我亦明白，在那样看似一无所有的旅途里，上温汤亦有他的欢喜和悲伤，沙漠拿走人的性命，可是它亦公平地给爱它的人无尽的体验、启示、智慧和光荣，这是值得的代价，上温汤地下有知，一定会同意我的说法吧！

上温汤在日记里所去过的地方，我大部分都用吉普车去过，看见他如何向人讨水喝，如何分药给游牧民族，如何在大漠的帐篷中过夜，如何遇到风暴，如何看到落日的美景；看他一个城、一个镇地经过，一个水井一个水井地发现，这一切的一切都使我亲切得热泪满眶，好似又回到了一个旧梦，一个永远不会褪色的梦，而我，是真真活生生地在这梦里面度过了两年多的悲欢岁月，往日的时光因为上温汤的描述，使我再度觉得无奈，怅然，甜蜜而又伤感。

上温汤说得极好，也许去了撒哈拉，不能在学术上对这片土地有什么地位，可是，这是活在眼前的一本大书，经历过了它以后，对于生死的观念，可能又超出于一般芸芸众生了。

这个可敬的朋友，终是渴死在一片无名的沙地上，一试再试，以那么多的苦难做代价，他仍没有能够征服这片无情的大地。可是在我来说，这一个美丽高贵的灵魂已经得到了他要求的永恒，抵不抵达目的，已是次要的事情了。

我也曾经是一个沙漠的居民，对于沙漠的爱，对于生命共同的理想和挑战，使上温汤在死了以后，将他的心和我的心紧紧地拉在一起，对这样的一个知己，岂止是朋友两字所能形容的敬爱和亲密于万一。

一个人，生命的长短，不在于活在世上年岁的多少，二十二岁的上温汤，为着一份执著的对生命的爱，做出了非常人的事迹，而他的死，已是不朽，生于安乐时代的新的一代，生命的光辉和发扬还有比他更为灿烂的吗？

寄语上温汤所深爱的父母亲，你们有这样的一个孩子，当是一份永远的骄傲和光荣，让这一切代替了失去他的悲伤吧。

三毛写于加纳利群岛

附录二 尘缘——重新的父亲节

二度从尼日利亚风尘仆仆地独自飞回加纳利群岛,邮局通知有两大麻袋邮件等着。

第一日着人顺便送了一袋来,第二袋是自己过了一日才去扛回来的。

小镇邮局说,他们是为我一个人开行服务的。说的人有理,听的人心花怒放。

回家第一件事就是请来大批邻居小儿们,代拆小山也似的邮件,代价就是那些花花绿绿的中国邮票,拆好的丢给跪在一边的我。我呢,就学周梦蝶摆地摊似的将这些书刊、报纸和包裹、信件,分门别类地放放好,自己围在中间做大富翁状。

以后的一星期,听说三毛回家了,近邻都来探看。只见院门深锁,窗帘紧闭,叫人不应,都以为这三毛跑城里疯去了,怎会想到,此人正在小房间里坐拥新书城,废寝忘食,狂啃精神粮餐，已不知今夕是何年了。

几度东方发白，日落星沉，新书看得头昏眼花，赞叹激赏，这才轻轻拿起没有重量的《稻草人手记》翻了一翻。

书中唯一三个荷西看得懂的西班牙文字，倒在最后一个字上硬给拿吃掉了个O字。稻草人只管守麦田，送人的礼倒没看好，也可能是排印先生不喜荷西血型，开的小玩笑。

看他软软的那个怪样子，这个扎草人的母亲实是没有什么喜悦可言，这心情就如远游回家来，突然发觉后院又长了一大丛野草似的触目心惊。

这一阵东奔西跑，台湾的联络就断了，别人捉不到我，自己也不知道在做些什么。蓦一回首，灯火下，又是一本新书，方觉时光无情，新书催人老。

母亲信中又哀哀地来问，下本书是要叫什么，《寂地》刊出来了，沙漠故事告一段落，要叫《哑奴》还是叫《哭泣的骆驼》；又说，这么高兴的事情，怎么也不操点心，尽往家人身上推，万一代做了主，定了书名，二小姐不同意，还会写信回来发脾气，做父母的实在为难极了。

看信倒是笑了起来，可怜的父亲母亲，出书一向不是三毛的事，她只管写。写了自己亦不再看，不存，不管，什么盗印不盗印的事，来说了三次，回信里都忘了提。

书，本来是为父母出的，既然说那是高兴的事，那么请他们全权代享这份喜悦吧。我个人，本来人在天涯，不知不觉，去年回台方才发觉不对,上街走路都抬不起头来,丢人丢大了,就怕人提三毛的名字。

其实,认真下决心写故事,还是结了婚以后的事,没想到,这么耐不住久坐的人,还居然一直写了下去。

婚前住在马德里,当时亦是替台湾一家杂志写文,一个月凑个两三千字,着实叫苦连天。大城市的生活,五光十色,加上同住的三个女孩子又都是玩家,虽说国籍不同,性情相异,疯起来却十分合作,各有花招。平日我教英文,她们上班,周末星期,却是从来没有十二点以前回家的事。

说是糜烂的生活吧,倒也不见得,不过是逛逛学生区,旧货市场,上上小馆子,跳跳不交际的舞。我又多了一个单人节目,借了别人机车,深夜里飞驰空旷大街,将自己假想成史提夫·麦昆演《第三集中营大逃亡》。

去沙漠前一日,还结伙出游不归,三更半夜疯得披头散发回来,四个女孩又在公寓内笑闹了半天,着实累够了,才上床睡觉。

第二日,上班的走了,理了行李,丢了一封信,附上房租,写着:"走了,结婚去也,珍重不再见!"

不声不响,突然收山远去,倒引出另外三个执迷不悟的人愕然的眼泪来。

做个都市单身女子,在我这方面,问心无愧,甚而可以说,活得够本,没有浪费青春,这完全要看个人主观的解释如何。

疯是疯玩，心里还是雪亮的，机车再骑下去，撞死自己倒是替家庭除害，应该做"笑丧"，可是家中白发人跟黑发人想法有异，何忍叫生者哀哭终日。这一念之间，悬崖勒马，结婚安定，从此放下屠刀，立地成佛。

结婚，小半是为荷西情痴，大半仍是为了父母，至于我自己，本可以一辈子光棍下去，人的环境和追求并不只有那么一条狭路，怎么活，都是一场人生，不该在这件事上谈成败，论英雄。

结果，还是收了，至今没有想通过当时如何下的决心。

结了婚，父母喜得又哭又笑，总算放下一桩天大的心事。

他们放心，我就得给日子好好地过下去。

小时候看童话故事，结尾总是千篇一律——公主和王子结了婚，从此过着幸福的生活。

童话不会骗小孩子，结过婚的人，都是没有后来如何如何的。白雪公主、灰姑娘、睡美人，都没有后来的故事。

我一直怕结婚，实是多少受了童话的影响。

安定了，守着一个家，一个叫荷西的人，命运交响曲突然出现了休止符，虽然无声胜有声，心中的一丝怅然，仍是淡淡的挥之不去。

父亲母亲一生吃尽我的苦头，深知荷西亦不会有好日子过，来信千叮咛万恳求，总是再三地开导，要知足，要平凡，要感恩，要知情，结了婚的人，不可再任性强求。

看信仍是笑。早说过,收了就是收了,不会再兴风作浪,君子一言,驷马难追,父母不相信女儿真有那么正,就硬是做给他们看看。

发表了第一篇文章,父母亲大乐,发觉女儿女婿相处融洽,真比中了特奖还欢喜。看他们来信喜得那个样子,不忍不写,又去报告了一篇《结婚记》,他们仍然不满足,一直要女儿再写再写,于是,就因为父母不断的鼓励,一个灰姑娘,结了婚,仍有了后来的故事。

婚后三年,荷西疼爱有加不减,灰姑娘出了一本《撒哈拉的故事》,出了《稻草人手记》,译了二十集《小娃娃》。《雨季不再来》是以前的事,不能记在这笔账上,下月再出《哭泣的骆驼》,中篇《五月花》已在尼日利亚完稿试投联副,尚无消息。下一篇短篇又要动手。总之,这上面写的,仍是向父母报账,自己没有什么喜悦,请他们再代乐一次吧。

看过几次小小的书评,说三毛是作家,有说好,有说坏,看了都很感激,也觉有趣,别人眼里的自己,形形色色,竟是那个样子,陌生得一如这个名字。

这辈子是去年回台才被人改名三毛的,被叫了都不知道回头,不知是在叫我。

书评怎么写,都接受,都知感恩,只是"庸俗的三毛热"这个名词,令人看了百思不解。今日加纳利群岛气温二十三度,三毛不冷亦不热,身体虽不太健康,却没有发烧,所以自己是绝对清清楚楚，不热不热。倒是叫三毛的读者"庸俗"，使自己得了一梦，醒来发觉变成了个大号家庭瓶装的可口可乐，怎么也变不回自己来，这心境，只有卡夫卡小说《蜕变》里那个变成一条大软虫的推销员才能了解，吓出一身冷汗，可见是瓶冰冻可乐，三毛自己，是绝对不热的。

再说，又见一次有人称三毛"小说家"，实是令人十分难堪，说是说了一些小事，家也白手成了一个，把这两句话凑成"小说家"仍是重组语病，明明是小学生写作文，却给他戴上大帽子，将来还有长进吗？这帽子一罩，重得连路都走不动，眼也看不清，有害无益。

盲人骑瞎马，走了几步，没有绊倒，以为上了阳关道，沾沾自喜，这是十分可怕而危险的事。

我虽笔下是瞎马行空，心眼却不盲，心亦不花，知道自己的肤浅和幼稚，天赋努力都不可强求，尽其在我，便是心安。

文章千古事，不是我这芥草一般的小人物所能挑得起来的，庸不庸俗，突不突破，说起来都太严重，写稿真正的起因，"还是为了娱乐父母"，也是自己兴趣所在，将个人的生活做了一个记录而已。

哭着呱呱坠地已是悲哀，成长的过程又比其他三个姐弟来得复杂缓慢，健康情形不好不说，心理亦是极度敏感孤僻。高小那年开始，清晨背个大书包上中正国小，啃书啃到夜间十点才给回家，佣人一天送两顿便当，吃完了去操场跳蹦一下的时间都没，又给叫进去死填,本以为上了初中会有好日子过,没想到明星中学,竞争更大。这番压力辛酸至今回想起来心中仍如铅也似的重,就那么不顾一切地"拒"学了。父母眼见孩子自暴自弃,前途全毁,骂是舍不得骂,那两颗心,可是碎成片片。哪家的孩子不上学,只有自家孩子悄无声息地在家闷着躲着。那一阵,母亲的泪没干过,父亲下班回来,见了我就长叹,我自己呢,觉得成了家庭的耻辱,社会的罪人,几度硬闯天堂,要先进去坐在上帝的右首。少年的我,是这样地倔强刚烈,自己不好受不说,整个家庭都因为这个出轨的孩子,弄得愁云惨雾。

幸亏父母是开明的人,学校不去了,他们自己担起了教育的重担,英文课本不肯念,干脆教她看浅近英文小说;国文不能死背,就念唐诗宋词吧;钢琴老师请来家里教不说,每日练琴,再累的父亲,还是坐在一旁打拍子大声跟着哼,练完了,五块钱奖赏是不会少的;喜欢美术,当时敦煌书局的原文书那么贵,他们还是给买了多少本画册。这样的爱心浇灌,孩子仍是长不整齐,瘦瘦黄黄的脸,十多年来只有童年时不知事地畅笑过,长大后怎么开导,仍是绝对没有好脸色的。在家也许是因为自卑太甚,行为反而成了暴戾乖张,对姐弟绝不友爱,别人一句话,可成战场,可痛哭流涕,可离家出走,可拿刀片自割吓人。那几年,父母的心碎过几次,我没算过,他们大概也算不清了。

这一番又一番风雨,摧得父母心力交瘁,我却干脆远走高飞,连头发也不让父母看见一根,临走之前,小事负气,竟还对母亲说过这样无情的话："走了一封信也不写回来，当我死了，你们好过几年太平日子。"母亲听了这刺心的话，默默无语，眼泪簌簌地掉，理行装的手可没停过。

真走了，小燕离巢，任凭自己飘飘跌跌，各国乱飞，却没想过，做父母的眼泪，要流到什么时候方有尽头。

飘了几年，回家小歇，那时本以为常住台湾，重新做人。飘流过的人，在行为上应该有些长进，没想到又遇感情重创，一次是阴沟里翻船，败得又要寻死。那几个月的日子，不是父母强拉着，总是不会回头了，现在回想起来，塞翁失马焉知非福，没有遗恨，只幸当时还是父母张开手臂，替我挡住了狂风暴雨。

过了一年，再见所爱的人一锤一锤钉入棺木，当时神志不清，只记得钉棺的声音刺得心里血肉模糊，尖叫狂哭，不知身在何处，黑暗中，又是父亲紧紧抱着，喊着自己的小名，哭是哭疯了，耳边却是父亲坚强的声音，一再地说："不要怕，还有爹爹在，孩子，还有爹爹姆妈在啊！"

又是那两张手臂，在我成年的挫折伤痛里，替我抹去了眼泪，补好了创伤。

台北触景伤情，无法再留，决心再度离家远走。说出来时，正是吃饭的时候，父亲听了一愣，双眼一红，默默放下筷子，快步走开。倒是母亲，毅然决然地说："出去走走也好，外面的天地，也许可以使你开朗起来。"

就这么又离了家，丢下了父母，半生时光浪掷，竟没有想过,父母的恩情即使不想回报,也不应再一次一次地去伤害他们,成年了的自己,仍然没有给他们带来过欢笑。

好不容易,安定了下来,接过了自己对自己的责任,对家庭、对荷西的责任,写下了几本书,心情踏踏实实,不再去想人生最终的目的,而这做父母的,捧着孩子写的几张纸头,竟又喜得眼睛没有干过,那份感触、安慰,就好似捧着了天国的钥匙一样。这条辛酸血泪的长路,只有他们自己知道,是怎么熬过来的,怎不叫他们喜极又泣呢。

也是这份尘缘,支持了我写下去的力量,将父母的恩情比着不过是一场尘世的缘分,未免无情,他们看了一定又要大恸一番,却不知"尘世亦是重要的,不是过眼烟云",孩子今后,就为了这份解不开、挣不脱的缘分,一定好好做人了。孩子在父母眼中胜于自己的生命,父母在孩子的心里,到头来,终也成了爱的负担,过去对他们的伤害,无法补偿,今后的路,总会走得平安踏实,不会再叫他们操心了。

写不写书,并不能证明什么,毕竟保守自己,才是最重要的,保真妈妈小民写信来,最后一句叮咛——守身即孝亲——这句话,看了竟是泪出,为什么早两年就没明白过。

八月八日父亲节,愿将孩子以后的岁月,尽力安稳度过,这一生的情债、哭债,对父母无法偿还,就将这句诺言,送给父母,做唯一的礼物吧!

图书在版编目(CIP)数据

稻草人手记 / 三毛著. -- 海口：南海出版公司,
2022.11
　　ISBN 978-7-5735-0194-3

Ⅰ. ①稻… Ⅱ. ①三… Ⅲ. ①散文集-中国-当代
Ⅳ. ①I267

中国版本图书馆CIP数据核字(2022)第072314号

著作权合同登记号　图字：30-2021-097
本书由皇冠文化集团授权，仅限于中国大陆地区销售，不得售至台、港、澳地区，及东南亚、美、加等任何海外地区。

稻草人手记
三毛 著

出　　　版	南海出版公司　(0898)66568511
	海口市海秀中路51号星华大厦五楼　邮编570206
发　　　行	新经典发行有限公司
	电话(010)68423599　邮箱 editor@readinglife.com
经　　　销	新华书店
责任编辑	黄宁群
特邀编辑	张云帆　陈梓莹
营销编辑	李清君　李　畅
装帧设计	韩　笑
内文制作	张　典
印　　　刷	河北鹏润印刷有限公司
开　　　本	880毫米×1168毫米　1/32
印　　　张	7
字　　　数	138千
版　　　次	2022年11月第1版
印　　　次	2025年3月第4次印刷
书　　　号	ISBN 978-7-5735-0194-3
定　　　价	49.00元

版权所有，侵权必究
如有印装质量问题，请发邮件至zhiliang@readinglife.com